JN007256

# 上代文学史を学ぶ

梶川信行

翰林書房

# 上代文学史を学ぶ◎目　次

第一日

# 上代文学とは——概説

## 1

国文学科のカリキュラムにおける文学系の各科目は、時代別に構成されている。上代・中古・中世・近世・近代・現代の六分野である。そのうちの上代とは、奈良時代（七一〇～七八四）以前を指し、概ね八世紀以前ということになる。

しかし、その上限はと言うと、やや曖昧にならざるを得ない。和銅五年（七一二）に撰録された『古事記』や、養老四年（七二〇）に奏上された『日本書紀』の神話は、いずれも天地開闢から始まるが、もちろん、それは歴史とは言えない。神話・伝承の世界と歴史的事実を伝える部分の境界も曖昧である。また、何をもって文学と呼ぶかという点でも、その範囲を明確にすることは難しい。そこで、八世紀に伝えられた神話・伝承の世界をも含めて、七、八世紀の文字資料を広い意味での上代文学としておくのが穏当であろう。

上代文学の作品と言えば、『万葉集』や『古事記』が一般に知られている。『万葉集』の舞台は、北海道・東北北部・沖縄を除いて、ほぼ全国にわたるが、その中心は奈良盆地である。七世紀には、盆地の南部の飛鳥（奈良県高市郡明日香村）に都が置かれたが、持統天皇の八年（六九四）、藤原京（奈良県橿原市高殿町に宮が置かれた）に遷都された。また和銅三年（七一〇）には、盆地の北部の平城京（奈良県奈良市と大和郡山市の一部に跨る）に都が遷されている（写真は平城宮跡に復元された朱雀門）。それらの中心には天皇の宮殿があったが、そうした都を中心とした世界が上代文学の舞台である。

ところが、延暦三年（七八四）、桓武天皇（七八一～八〇六在位）が長岡京（京都府長岡京市）に遷都し、やがて延暦十三年（七九四）には平安京（京都府京都市）に都が遷ると、奈良盆地の中が都ではなくなった。作品の舞台も変わらざるを得なかったが、それによって、上代文学の世界は終わりを告げたのだ。

『古事記』や『日本書紀』が天皇の歴史であるというこ

とは言うまでもないが、『万葉集』も天皇と貴族を中心とした歌集である。奈良時代の天皇は、律令官僚機構によって支えられていたが、その官僚組織の中の人々が、『万葉集』の代表的な作者たちだった。したがって、天皇と律令官僚機構を中心とした文学が上代文学であると言ってもよい。

上代文学の特徴として、もう一つ重要な問題がある。文学と言えば、通常は文字で書かれたものを言うが、上代文学の場合は、必ずしもそうではない。右に、神話・伝承の世界を含むと述べたが、それは本来語り伝えられたものである。つまり、文字ではなく、声の世界である。

『古事記』はその序文に、天武天皇（六七二～六八六在位）が家々に伝わる「帝紀と本辞」には間違いが多いので、自分が「削偽定実」（偽りを削り、実を定める）して、正しい歴史を後の世に伝えようとしたと記している。そして、稗田阿礼《ひえだのあれ》という聡明な若者にそれを「誦習」（よみ習わす）させているが、それはヤマトコトバで朗唱することだと考えられる。その後、和銅四年（七一一）九月、元明天皇（七〇七～七一五在位）が太安萬侶《おおのやすまろ》に、稗田阿礼が誦《よ》めるものを記録して献上せよと命じたことを受けて、和銅五年正月に献上されたと記されている。

つまり、『古事記』の原型は語り伝えられたものだったが、それを太安萬侶が文字に起こしたということである。したがって、『古事記』の中には漢字と漢語によって伝えられる事柄ばかりでなく、この漢字はこう読むのだという注（たとえば「天を訓みて阿麻と云ふ」とされている）が各所に見られる。いわゆるヤマトコトバである。文字の向こう側に語りの世界があったのだが、『古事記』に記された文字を通して、その面影を覗き見ることができる。

歌木簡



『万葉集』にも、机の前に座って書かれた歌ばかりではなく、伝承歌の世界がある。たとえば雄略天皇御製（巻一・一）は、五世紀という古い時代の天皇の歌として、語り伝えられて来たものである。また、個人の創作歌であっても、宴席などで声によって披露されたものが、文字によって記録されたと見られるものもある。あるいは、木簡（写真は、紫香楽宮跡で発見された「あさかやま」木簡のレプリカ。縦は六〇センチほど。厚さ一ミリ）に記した歌を朗唱したと見られる例もある。すなわち、大きな流れで言えば、声の歌から文字の歌へという歴史があったと考えられる。

なお、さまざまな木簡のうち、歌が記されたものを特に「歌木簡」と呼んでいる（栄原永遠男『万葉歌木簡を追う』和泉書院・二〇一一）。出土例はまだそれほど多くないが、今後も各地から出土する可能性がある。資料の増加によっては、古代の歌の実態が明らかになって行くことも期待される。

そうした上代文学の一方に、古代文学という用語もある。古代文学会という学会も存在するが、上代と古代の違いを単純化して言うと、古代の方が範囲は広いということになろう。すなわち、平安時代を含めて古代と呼んでいる。国文学科のカリキュラムで言えば、上代と中古の両方を含んでいることになる。それは武士の政権ができる前の時代だが、それは総じて律令制の時代だと言ってもよい。

とは言え、国文学科のカリキュラムの「上代文学史」は、古代ではない。原則として、奈良時代以前の文学の歴史を対象とするものである。それは奈良盆地を中心に、声の歌から文字の歌へと進化して行った姿を見通すものである。

## 2

上代文学とされる作品や文字資料には、どのようなものがあるのか。以下、主なものを説明して行くことにするが、まずはそれを一覧しておくことにしよう。

**神話・伝承**　『古事記』（歌謡を含む）
**歴史**　『上宮聖徳法王帝説』『日本書紀』（歌謡を含む）『続日本紀』（歌謡を含む）
**地誌**　『風土記』（播磨・出雲・常陸・豊後・肥前・その他逸文）
**祝詞**　『延喜式』
**歌**　『万葉集』
**歌論**　『歌経標式』
**漢詩**　『懐風藻』
**家伝**　『藤氏家伝』『高橋氏文』『古語拾遺』『先代旧事本紀』
**神社縁起**　『住吉大社神代記』
**高僧伝**　『唐大和上東征伝』
**仏教説話**　『日本霊異記』

**その他**　『古京遺文』などに収録された金石文

ただし、たとえば『日本書紀』のように、歴史書とは言っても、神話・伝承を含み、歌謡を収録するものもある。『万葉集』には大量の漢文があり、漢詩も見られる。『古語拾遺』『先代旧事本紀』は神話・伝承を含む。したがって、必ずしもそのジャンルを截然と区別できるものばかりではない。

また、奈良の薬師寺の僧景戒によって著された『日本霊異記』の成立は平安時代に下る。しかし、そこに記された内容は概ね奈良時代以前の世界なので、一般に上代文学の範疇に含まれると考えられている。原則として、奈良時代以前の文学の歴史であると言ったのは、原則を外れる例も存在するからである。

## 3

まずは、『古事記』から。その成立の経緯については少し説明したが、和銅五年（七一二）正月、太安萬侶によって献

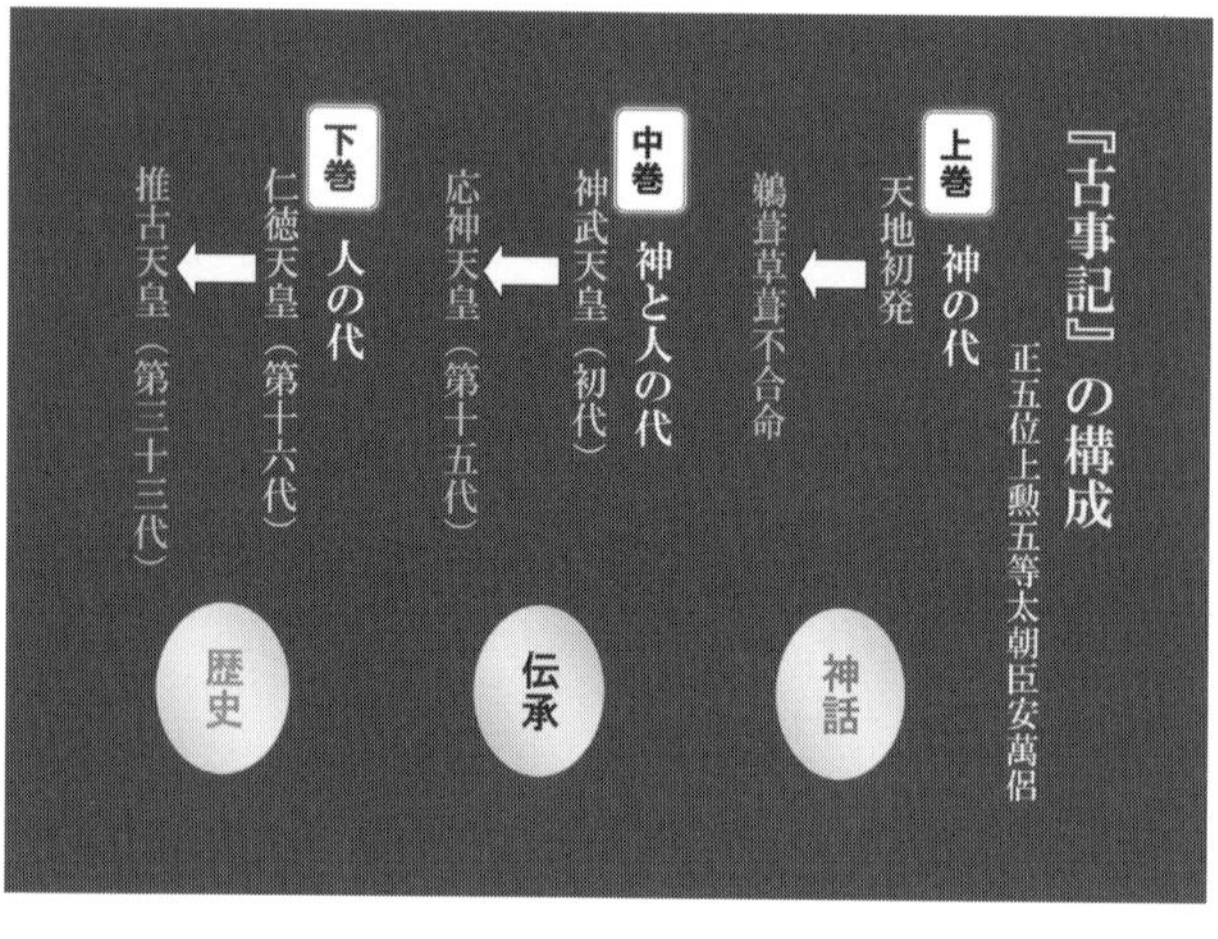

上されたものである。上・中・下の三巻からなり、上巻は神代、中巻は初代神武天皇から応神天皇（記紀では十五代目の天皇とされるが、代数は歴史的事実ではない。以下同じ）まで。そして、下巻は仁徳天皇（十六代目）から推古天皇（三十三代目）まで。上巻は神話、中巻は伝承、下巻は歴史と言ってもよい（**↓補助教材「『古事記』の構成」**）が、必ずしも正確な歴史とは言い難い。

また、中巻の綏靖天皇（二代目）から開化天皇（九代目）までは欠史八代と言われ、宮・系譜・御年・陵墓が書かれている程度で、具体的な歴史叙述はほとんどない。歴史を古くするための水増しのような存在である。

一方、下巻の武烈天皇（二十五代目）以降も、総じて簡略な記述である。天皇によって非常に偏りがあるのだ。中巻以降で言えば、神武天皇（初代）、垂仁天皇（十一代目）、景行天皇（十二代目）、応神天皇（十五代目）、仁徳天皇（十六代目）、雄略天皇（二十一代目）には豊かな記述があるが、それ以外の天皇に関しては、総じて簡略である。

大和の橿原（奈良県橿原市）に都を定めた初代の神武天皇が重要であることは、言うまでもあるまい。また景行天皇の時代は、倭建命《やまとたけるのみこと》という英雄的な人物の活躍に彩られている。雄略天皇は、『宋書』（倭国伝）に記された倭王「武」とされ、稲荷山古墳（埼玉県行田市埼玉）出土の鉄剣の銘によって、関東地方にまで勢力を広げたことが知られる。しかし、どの天皇を重視するかという点には、天武天皇の歴史認識が反映されているものと見られる。

一一二首の歌謡を含むことも、その特色としなければならない。豊かな記述を持つ右の天皇たちの

事績は、概ね多くの歌謡とともに伝えられている。それは須佐之男命がうたったとされる、

夜久毛多都　伊豆毛夜幣賀岐　都麻碁尾尓　夜幣賀岐都久流　曾能夜幣賀岐袁　（歌謡一）

（八雲立つ　出雲八重垣　妻ごみに　八重垣造る　その八重垣を）

という歌謡のように一字一音で書かれ、どのように詠まれたのかがわかるようになっている。これは『万葉集』の万葉仮名と呼ばれる表記と同じである。



## 4

『日本書紀』の成立については、『続日本紀』の養老四年（七二〇）五月条に、

是より先、一品舎人親王、勅を奉けたまはりて日本紀を修む。是に至りて功成りて奏上ぐ。紀卅巻系図一巻なり。

と見える。これによると、三十巻の歴史叙述と系図一巻から成っていたことが知られるが、現在系図は伝わっていない。『古事記』は推古天皇の時代（五九三〜六二六）までだったが、『日本書紀』は持統天皇の時代（六九〇〜六九七）までを伝えている。

七世紀以後の歴史の記述については、発掘調査によって裏づけられることも多い。したがって、『古事記』と比べると、歴史的事実としての信頼性が高い。記述の仕方については、編纂時点での脚色も見られるので、慎重に扱う必要はあるものの、七世紀以前の歴史を研究する上では一級史料である。

神代の事績を伝える巻第一・巻第二は別として、

辛酉年の春正月の庚辰《かのえたつ》の朔に、天皇、橿原宮に即帝位す。

というように、それは編年体で記録されている。右は神武天皇即位の記事だが、この年は紀元前六六〇年に相当する。神社などで時折見かけるが、それを皇紀と言う。それによると、今年は紀元二六八四年にあたるが、もちろん歴史的事実ではない。

『日本書紀』には『古事記』と一致する叙述も見られるので、一般に記紀の伝承などと言われて来た。しかし、いろいろと異なるところも多い。現在では、両者は異なる歴史観に基づく書物であり、それぞれ別に扱うべきものとする説が有力である。それは、対外関係の記事があまりない『古事記』に対して、東アジアの動きに関する豊富な記事を持つ『日本書紀』という違いでもある。

『日本書紀』にも一二八首の歌謡が収録されている。その最後の歌謡は天智天皇十年（六七一）のものとして伝えられているが、

阿箇悟馬能　以喩企波々箇屨　麻矩儒播羅　奈爾能都底擧騰　多拕尼之曳鶏武　（歌謡一二八）

（赤駒の　い行き憚る　真葛原　何の伝言　直にし良けむ）

という形で、『古事記』と同様一字一音で記されている。しかし、注意すべきは、五七五七七というきちんとした短歌定型であること。スサノヲの歌謡が短歌定型なのは神話と言うしかないが、不定型（五音七音以外の句を含むもの）の歌謡が多かった記紀歌謡も、七世紀の後半になると定型化して来たと見られる点である。

かつては、初期万葉の時代と重なることもあって、記紀歌謡は黎明期の和歌の姿であるとも考えら

れて来た。しかし、難波宮跡（大阪市中央区法円坂）で七世紀半ばの歌木簡が発見され、それが短歌定型だったこともあり、現在では、短歌は七世紀半ばにはすでに、五七五七七という形になっていたと考えられている。

## 5

上代文学の作品として、もっとも一般の読者に親しまれて来たのは『万葉集』であろう。その理由の一つは、国語の教科書で、必ず教材とされて来たことである。明治時代以後は、古典の中の古典、国民歌集という評価も受けて来た。「令和」という元号が『万葉集』の梅花歌三十二首（巻五・八一五～八四六）の序文を出典とするということも、記憶に新しい。

『万葉集』は二十巻、約四五〇〇首からなる。短歌ばかりでなく、長歌（五七・五七・五七……七）、旋頭歌（五七七・五七七）、仏足石歌体（五七五七七七）などもある。作者未詳歌が約半数を占めるが、巻十六以前の巻は、それを「雑歌」「相聞」「挽歌」という三大部立てを基本として分類されている。また、巻十七以降の四巻は、部立てによって分けることをせず、大伴家持の歌と家持と交流のあった人たちの歌々が時系列に並べられている。家持が兵部省の役人だった時に蒐集した東国（信濃・遠江より東の国々）の防人たちの歌々も九〇首余り載せられている。したがって、一般に家持の歌日記（歌日誌）と言われている。

そうした『万葉集』を解体して、作歌年次順に並べ替えたテキストが、澤瀉久孝・森本治吉編

『作者類別年代順萬葉集』（芸林社・一九三二）である。そして、それに基づいて『万葉集』の時代を四期に分けることが提唱された。

第一期　〜壬申の乱　（六七二）
第二期　壬申の乱〜平城京遷都　（七一〇）
第三期　平城京遷都〜天平五年　（七三三）
第四期　天平五年〜天平宝字三年　（七五九）

第一期を代表する歌人は、額田王《ぬかたのおおきみ》。第二期は柿本人麻呂と志貴皇子《しきのみこ》。第三期は大伴旅人と山上憶良。その時期に「宮廷歌人」的な活動をした笠金村《かさのかなむら》と山部赤人も第三期の歌人である。そして第四期は大伴坂上郎女《おおとものさかのうえのいらつめ》と大伴家持である。

しかし私は、九〇年ほど前のこの四期区分説は、現在ではもう成り立たないと考えている。そもそも、この時代区分は必ずしも『万葉集』という歌集自体が体現している歴史認識に基づくものではない。歌風の変化などによる区分でもない。壬申の乱、平城京遷都といった政治史的な出来事に基づき、機械的に区分したものにほかならない。

また、第三期と第四期の境目は、第三期を代表する旅人が天平三年（七三一）に薨じ、憶良が天平五年に没したと見られることに基づく。金村・赤人の活動も、『万葉集』による限り、概ね天平五年頃で終息している。一方、第四期を代表する家持の歌が、そのあたりから見られるようになる。したがって、天平五年あたりで世代交代が起きていると見ることができる。

壬申の乱は、確かに大きな時代の節目だった。実際、養老四年（七二〇）に成立した『日本書紀』は、たった一か月ほどの内乱だった壬申の乱に一巻を割いている（第四日に学修予定）。しかし、『万葉集』は壬申の乱を時代区分の節目とはしていない。それよりも問題なのは、約四五〇〇首すべての作歌年代は間違いのないものなのか否か、という点である。

たとえば、巻一の巻頭に置かれているのは雄略天皇御製だが、それは伝承歌であって、必ずしも実年代に還元できるものではない。稲荷山古墳（埼玉県行田市埼玉）から出土した鉄剣の銘にその名が刻まれていることなどもあって、後に雄略と呼ばれることになる大王（鉄剣の銘には「大王」とされている）が実在したことは確かだが、その歌は雄略天皇が実際に詠んだものとは考えられない。あくまでも、その昔の天皇が、ある時こういう歌をうたったとさ、といった伝承の世界のものである。つまり、それは後世に語られた過去の世界なのだ。言うなれば、古めかしい装いの現代の歌にほかならない。

第一期を「初期万葉」と呼ぶ研究者もいる。しかし、そうではあるまい。私は、舒明朝（六二九〜六四一）から天武朝（六七二〜六八六）までを「初期万葉」とする立場を取っている（梶川信行『額田王と初期万葉歌人〈コレクション日本歌人選〉』笠間書院・二〇一二）。それについては第五日以降の講義で扱うことになるので、詳しくはその時に譲ろう。しかし、国語の教科書にも見られる四期区分説とは別の考え方で、『万葉集』が体現する歌の歴史を考えることになる。

# 6

ほかの作品や資料に触れる紙幅がなくなった。しかし、上代文学と言えば、一般に『万葉集』と『古事記』『日本書紀』と言われる。したがって、とりあえずはこれで事足りるとも言えよう。

『懐風藻』『出雲国風土記』『日本霊異記』については第十日以降の講義で扱うことになるが、半期の授業では時間的に限りがある。それ以外の作品については、次回以後の授業の中で必要に応じて触れることにして、残念ながら割愛するしかない。

しかし、『懐風藻』についてだけ、一言付け加えておきたい。七、八世紀において、東アジアの漢字文化圏に属していた日本では、行政の場でも、国際的な共通言語であった漢字・漢文が用いられていた（これはあくまでも文字言語のことであって、話し言葉が中国語だったというわけではない）。漢字の音訓などを利用した万葉仮名は用いられていたが、平仮名・片仮名はまだ生まれていない。『懐風藻』には、新羅（七世紀後半、朝鮮半島を統一した王朝）の使節が来日した折、漢詩を作ることで交流した様子も伝えられている。当時の貴族たちは、先進国であった唐への憧れを持っていたが、そのため盛んに漢詩が作られた。

『万葉集』の歌人たちの中でも、大津皇子や大伴旅人のように、『懐風藻』に漢詩を残している者もいる。ヤマトウタの書物である『万葉集』も、漢字・漢文でできているが、その歌々には漢籍の影響が顕著に見られる。その点も忘れてはならない。

## 渡来系の人たちは必ずしも外国人ではない

私の説明が十分ではなかったのか、渡来系の人が多いと言ったことを、外国人が多かったと誤解した学生がいました。現在の在日外国人の比率と比較したことが、誤解を招いた原因かも知れません。

『万葉集』には、七、八世紀の日本列島に確かに存在したと思われる人が、六五〇人ほど登場しますが、そのうち渡来系の人は五〇人ほどだと話しました。したがって、その割合は八パーセントほどになると言いました。しかし、彼らは外国人ではなく、その多くは日本（これは現在とは違って国家や国土のことではなく、天皇を頂点とした王権のことです）の律令官人です。

その五〇人ほどの中で、実際に自分が海を渡って来たことが確実なのは、三人しかいません。大伴家に寄住していた新羅の尼の理願（『万葉集』巻三・四六〇題詞・左注）という人と、東大寺の盧舎那仏（大仏さん）の開眼供養の時に導師を務めた菩提僊那《ほだいせんな》で、この人はインド人です（『万葉集』巻十六の歌に「波羅門」として登場するが、これを菩提僊那とするのが通説）。そして、日中ハーフの秦朝元。あとは、何世代にもわたって波状的に日本列島に渡って来た人たちの子孫で、一人一人の成育環境に関する記録はありませんが、おそらく日本生まれです。渡来系の人が『万葉集』に登場し、普通に歌を詠んでいるのは、彼らが生まれた時から当時の日本語で生活していたからだと考えられます。

しかし、現在の在日の三世、四世の人が民族学校で教育を受け、自分たちの祖先の文化を伝えているように、古代においても、自分たちのルーツを大切にし、その文化を受け継いでいたと見られます。九世紀に編まれた家系事典の『新撰姓氏録』を見ると、渡来系であることが明記された氏族が非常に多いことに驚かされます。彼らは決して差別される対象ではなかったのです。特殊な知識や技能のある人は、官僚としてとても優遇されています。百済が滅んだ時に亡命して来た鬼室集斯《きしつしゅうし》のように、学職頭になった人もいます。

八世紀の歴史をカバーする正史の『続日本紀』は、唐や新羅との交流の記事をたくさん含んでいて、多くの外国人の名前が見えますが、もっとも多いのが百済人です。次に新羅人。高句麗人はわずかです。もちろん、唐の人の名も見られます。日本列島からすると、百済が近いこともあって、もっとも交流が活発だったことが窺えます。百済とはよい関係が継続していて、仏教も百済経由で入って来ました。しかし、斉明天皇六年（六六〇）に新羅に滅ぼされた後は、新羅との緊張関係が続きました。

　奈良時代も国際交流は活発だったと言えますが、現在のように飛行機があり、安全に海外旅行ができる時代ではありませんでした。遣唐使船（乗員は数百人規模）は難破するのがむしろ普通で、一度に四隻仕立てて行きました。そのうちの一隻でも到達できれば、使命が果たせるようにしていたのです。吉備真備（極官は正二位右大臣。六九五〜七七五）は二度唐に渡りましたが、二度とも無事に戻れたのは、まさに強運と言うべきです。

## 上代の人たちの書記能力はどの程度だったか

　律令体制は文書主義なので、下級官人を含めて、読み書きができることを前提として成り立っていた王権です。統計的に正確なことはわかりませんが、官僚たちが自由に文字を操れるレベルだったことは確かです。

　奈良の東大寺正倉院には、八世紀の文字資料が大量に残されています。学部の図書館に架蔵されている『大日本古文書』でも、その全貌を知ることができますが、写経、戸籍、帳簿、欠勤届、借金の申し込み、蔵からの出入の記録など、多様な文書が保存されています。その中には、聖武天皇、光明皇后、大伴家持など、歴史上著名な人たちの筆蹟も豊富に残されていますが、そうした文書の多くは下級官人の書いたものです。

　また、地下から発見される木簡には、習書木簡と言って、歌や漢籍の一部などを繰り返し書いたものも見られます。木簡は地方の役所跡などからも出ていますが、荷札木簡などのように、地方で書かれたものが、献上品とともに都に運ばれたものもあります。

　八世紀の律令体制の中には、大学もありました。貴族の子弟は、家庭教育が中心だったようですが、下級官人の子弟は官僚として出仕するために大学で学びました。そして、そのテキストはすべて漢籍でした。

　上級貴族の一人ですが、粟田真人（?〜七一九）という人は、遣唐使として唐に渡った時、唐でその博識さが称賛されたとも言われています。山上憶良の漢籍に関する知識の該博さは、『万葉集』に残された豊富な漢文からも窺えます。

第二日

# 『古事記』――神話の世界観



## 1

『古事記』の神話を「日本神話」と呼ぶことがある。しかし、それは必ずしも適切な扱い方ではない。それは「天皇神話」と呼ぶべきものである。七、八世紀における「日本」とは、現在の国家及び国土と国民を指すものではなく、天皇という君主をいただいた大和の王権の名称だとする見方が有力である（吉田孝『日本の誕生』岩波新書・一九九七）。その他の地域の人々は、「日本」に従属する（マツロフ）者たちであって、決して日本人ではなかった。もちろん、現在の東京も「日本」ではない。そうした国家のあり方を見ても、『古事記』はあくまでも「天皇神話」と呼ぶべきものであろう。もちろん、『日本書紀』の神話も同様である。

一方、それを「日本神話」と呼んだ場合は、「日本」という王権の正統性を保障する神話という意味になる。それは決して、日本列島という地域を代表する神話でも、その列島に形成された国民国家を統括する神話でもない。したがって、この授業でも、「天皇神話」としての『古事記』神話を考えることになる。

　神話は本来語り伝えられたものである。しかし、『古事記』は文字で書かれている。太安萬侶《おおのやすまろ》はその序文（↓**補助教材「『古事記』の序文」**）で、

　上古の時、言と意と並朴にして、文を敷き句を構ふること、字には難し。已に訓に因りて述ぶれば、詞は心に逮ばず。全く音を以ち連ぬれば、事の趣更に長し。

と、「上古」の素朴な言葉と意味を、文字に直すことの困難さを述べている。漢字の訓を利用すると、言葉が心を反映しない。かと言って、発音通りに文字を並べる（一字一音の仮名書きにする）と、冗長になってしまうと言う。また、文字化する際に、書き手の主観が入ってしまうこともあろう。『古事記』の場合、それは太安萬侶の主観である。

## 『古事記』の序文

### 第一段

　稽古照今。神代から允恭天皇までの古伝承を簡潔に述べ、いにしえを知ることこそ、今の道徳を高めることに繋がるとする。内容は「天孫の降臨」「神武の東征」「崇神の祭神」「仁徳の撫民」「成務の定境」「允恭の正姓」だが、これは大化改新の主要な項目と重なるとともに、天武施政の基本方針でもあった。

### 第二段

　古事記撰録の発端。壬申の乱に勝利した天武天皇の事蹟と、その天武による帝記及び旧辞の再検討を述べる。ここに見られる天武に関する伝承は、必ずしも『日本書紀』等に伝えられたものと一致しない。現代には伝わらない、さまざまな伝承があったのだろう。

### 第三段

　古事記の成立。元明天皇の勅命でその編纂が実施されたが、古事を正確に記録することの困難さを述べ、上中下の三巻構成であることを言って、献上の言で結ぶ。

こうしてみると、『古事記』の神話は神話そのものではない、ということになろう。録音装置のない時代の音声言語を、残された文字から復元しなければならないのだが、それは非常に困難な作業である。したがって、そもそもそれは不可能であり、実証的な学問として、語られた神話の復原は成り立たないという意見もある（神野志隆光『漢字テキストとしての古事記』東京大学出版会・二〇〇七）。

しかし、その一方に、文字の神話以前に〈神話力〉を持って存在した神話は確かに存在したのだとする立場もある（松本直樹『神話で読みとく古代日本』ちくま新書・二〇一六）。そこで、この授業では『古事記』上巻の国生みの段に注目し、文字で書かれた神話の向こうに、どのような古代国家の世界観が隠されているか、という問題を考えてみたいと思う。

なお、『古事記』全体を読みたい人には、中村啓信『新版 古事記』（角川文庫・二〇〇九）を薦める。学説に賛成だからではなく、文庫本なので手軽で廉価な上に、現代語訳もついているからである。また、今回の授業をより詳しく勉強したい人は、梶川信行・鈴木雅裕「教室で読む古事記神話（三）――還降改言から還坐之時六嶋まで――」（『語文』一六四輯・令和元年六月）を参照のこと。

## 2

上巻は「天地の創成」から始まる。最初に生まれたのは天之御中主神《あめのみなかぬしのかみ》である。次に、高御産巣日神《たかみむすひのかみ》・神産巣日神《かむむすひのかみ》など、「別天神《ことあまつかみ》」と呼ばれる特別な神たちが生まれる。そして、「神世七代」の最後に、伊《い》耶那岐神《ざなきのかみ》と伊耶那美神《いざなみのかみ》が生まれている。この男女二神がおのごろ島で結婚し、次々と国を生んで行くことになる。いわゆる国生みの神話である。

是に、伊耶那岐命まづ言はく、「あなにやし、えをとめを」といひ、後に妹伊耶那美命の言ひしく、「あなにやし、えをとこを」といひき。

かく言ひをはりて、御合《みあひ》して、生みし子は、淡道《あはぢ》の穂《ほ》の狭別島《さわけのしま》。

次に、伊予《いよ》の二名島《ふたなのしま》を生みき。此の島は、身一つにして面四つ有り。面ごとに名有り。故、伊予国は愛比売《えひめ》と謂ひ、讃岐国は飯依比古《いいよりひこ》と謂ひ、粟国は大宜都比売《おほげつひめ》と謂ひ、土佐国は建依別《たけよりわけ》と謂ふ。

次に、隠岐《おき》の三子島《みつごのしま》を生みき。亦の名は、天之忍許呂別《あめのおしころわけ》。

次に、筑紫島《つくしのしま》を生みき。此の島も亦、身一つにして面四つ有り。面ごとに名有り。故、筑紫国は白日別《しらひわけ》と謂ひ、豊国《とよのくに》は豊日別《とよひわけ》と謂ひ、肥国《ひのくに》を建日向日豊久士比泥別《たけひむかひとよくじひねわけ》と謂ひ、熊曽国《くまそのくに》は建日別《たけひわけ》と謂ふ。

次に、伊岐島《いきのしま》を生みき。亦の名は、天比登都柱《あめひとつばしら》と謂ふ。

次に、津島を生みき。亦の名は、天之狭手依比売《あめのさでよりひめ》と謂ふ。

次に、佐度島を生みき。

次に、大倭豊秋津島《おほやまととよあきつしま》を生みき。亦の名は、天御虚空豊秋津根別《あめのみそらとよあきつねわけ》と謂ふ。

故、此の八つ島をまづ生めるに因りて、大八島国と謂ふ。

こうして次々に「島」を生んだ結果、「大八島国」が形成された。淡路島、四国、隠岐諸島、九州、壱岐、対馬、佐渡島、本州（の一部）である。それを「大八島国」と言う。北海道と沖縄諸島を除く日本列島の主な島々が生まれたのだが、二神はさらに島々を生んで行く（↓補助教材『古事記』大八島国の生成」）。

しかありて後に、還り坐しし時に、吉備児島《きびのこじま》を生みき。亦の名は、建日方別《たけひかたわけ》と謂ふ。
次に、小豆島《あづきしま》を生みき。亦の名は、大野手比売《おほのてひめ》と謂ふ。
次に、大島を生みき。亦の名は、大多麻流別《おほたまるわけ》と謂ふ。
次に、女島《をみなしま》を生みき。亦の名は、天一根《あめひとつね》と謂ふ。
次に、知訶島《ちかのしま》を生みき。亦の名は、天之忍男《あめのおしを》と謂ふ。
次に、両児島《ふたごのしま》を生みき。亦の名は、天両屋《あめのふたや》と謂ふ。
吉備児島より天両屋島に至るまでは、并せて六つの島ぞ。

吉備児島（現在の岡山県の児島半島）、小豆島（香川県小豆郡の小豆島）、大島（山口県の屋代島か）、女島（大分県の姫島か）、長崎県の五島列島と男女群島を生んで行った。これによって、七、八世紀の王権の版図が確定したことになるが、瀬戸内海から東シナ海に通ずる航路にある島々である。

全体として、日本列島の西側に偏っていることが見て取れる。奈良に置かれた古代の王権にとっては、世界が西側にあったからであろう。それは、この列島がアジア大陸の東側に位置し、東西の通路である瀬戸内海をメインルートとして世界と繋がっていたことに基づく宿命的な世界観であったと考えられる。

## 3

淡路島は現在兵庫県に属しているが、古代においては、南海道の一国であった（↓補助教材「五畿七道の諸国」）。南海道とは、概ね中央構造線（27頁の図）に沿った道路であり、その国々である。中央構造線は世界でも最大級と言われる断層だが、伊勢市から和歌山市へと通じて紀伊半島を横断し、四国は徳島県の鳴門市から愛媛県の松山市まで繋がっている。周囲の山々よりも低いこともあって、古代の幹道はここに整備された。奈良盆地から南に出て、断層の上を紀伊国へと向かい、紀淡海峡を淡路島に渡った後、阿波国（徳島県）を通って伊予国に行く。それが南海道だが、現在もほぼその位置に国道が走っている。

淡路島が最初に置かれているのは、「御食《みけ》つ国《くに》淡路の島」（『万葉集』巻六・九四六、天皇に食糧を献上する国の意）とも言われ、王権にとって重要な食糧供給の島だ

### 大八島国の生成（『古事記』）

西向きの国家観に基づく神話だが、これは大和の王権独自の世界認識であったと考えなければならない。アジア大陸に対するこの列島の位置と形が生んだ宿命的な世界観である。

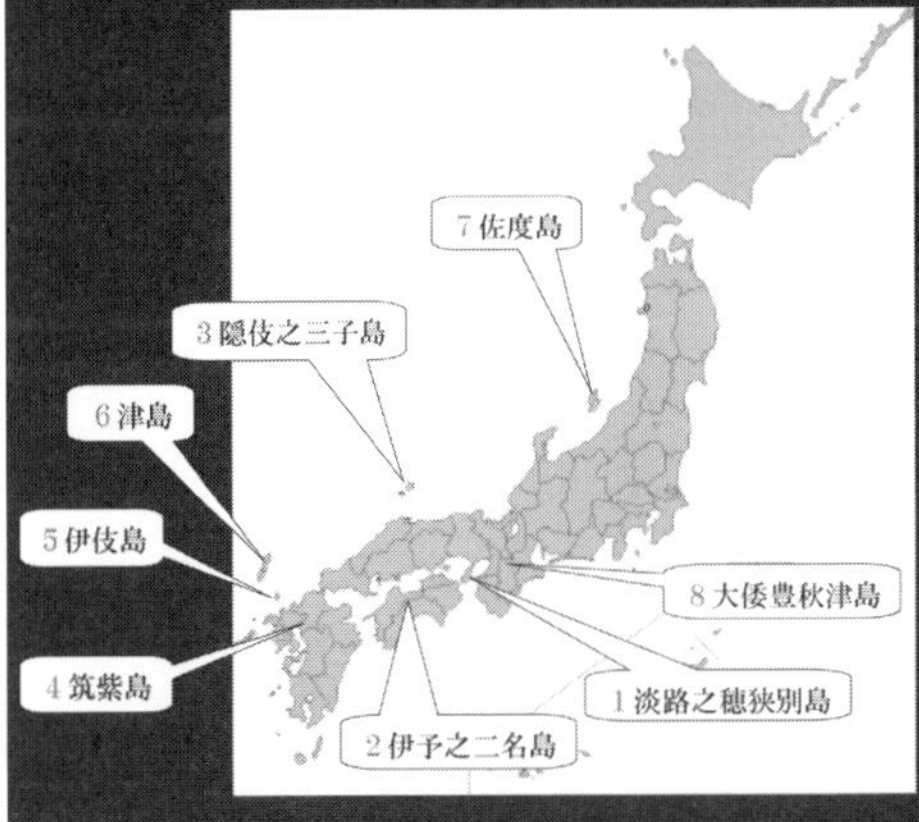

## 五畿七道の諸国

| | 大国 | 上国 | 中国 | 下国 |
|---|---|---|---|---|
| 畿内 | 大和 河内 | 山城 摂津 | | 和泉 |
| 東海道 | 伊勢 上総 下総 常陸 | 尾張 参河 遠江 駿河 甲斐 相模 | 安房 | 伊賀 志摩 伊豆 |
| 東山道 | 武蔵 近江 上野 陸奥 | 美濃 信濃 下野 出羽 | | 飛騨 |
| 北陸道 | 越前 | 加賀 越中 越後 | 若狭 能登 佐渡 | |
| 山陰道 | | 丹波 但馬 因幡 伯耆 出雲 | 丹後 石見 | 隠岐 |
| 山陽道 | 播磨 | 美作 備前 備中 備後 安芸 周防 | 長門 | |
| 南海道 | | 紀伊 阿波 讃岐 伊予 | 土佐 | 淡路 |
| 西海道 | 肥後 | 筑前 筑後 豊前 豊後 肥前 | 日向 大隅 薩摩 | 壱岐 対馬 |

（『延喜式』巻二十二 民部省）

と見られていたからであろう。しかし、アハヂとは阿波国（徳島県）に行く道の意であって、四国へと渡る道のことである。二番目に「伊予の二名島」が置かれているが、アハヂという国名はむしろ、四国が重視されていることを示すものだとも考えられる。

『日本書紀』持統天皇三年（六八九）八月条に、「伊予総領」が置かれていたことが見える。これは九州に置かれた大宰府（福岡県太宰府市）の大宰帥《だざいのそち》（大宰府の長官）と同じで、四国全域を統括する役割を担っていた。そういう意味でも、伊予の国府（愛媛県今治市）に行く道は、重要なルートだったのである。

四国には四つの顔があるとされる。それを「伊予の二名の島」と呼んでいるが、その四つをどのように分けるのか。『古事記』は特に記していないが、私は伊予・讃岐・粟（阿波）の三つの国と土

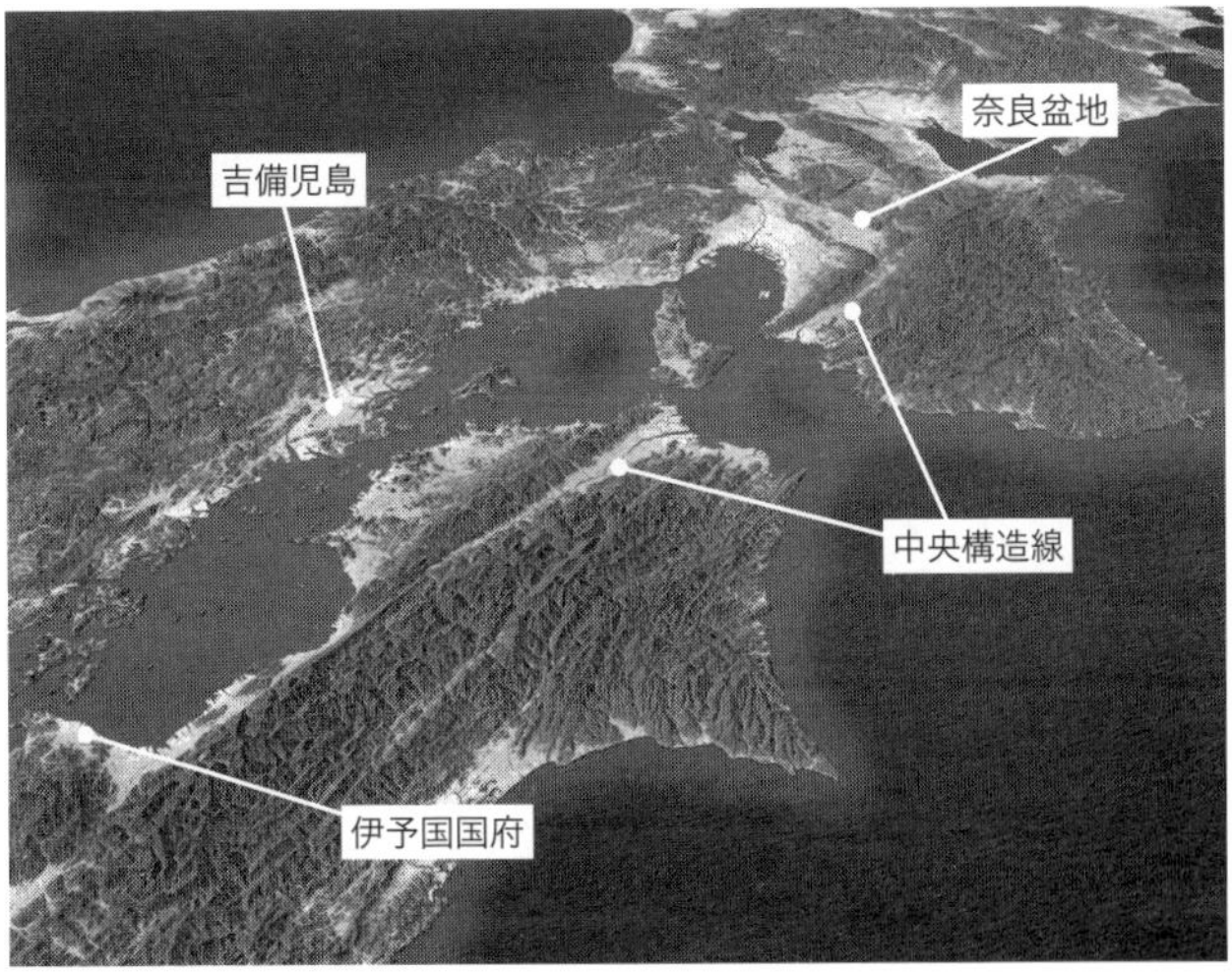


佐に二分すべきではないかと考えている。前者は中央構造線に沿った南海道に面しているが、土佐は山を越えなければならない。とりわけ僻遠の地で、他の三国が上国であるのに対して、土佐だけは中国とされている（→補助教材「五畿七道の諸国」）。また、流罪の中でも、もっとも重い遠流《おんる》の地とされていた。その点を見ても、中央構造線に沿ったルートが重視されていたことが理解できる。

大八島国の中には、隠岐と佐渡という日本海に浮かぶ島々が入っているが、八世紀の歴史をカバーする正史『続日本紀』を見ると、対外関係と国防に関する記事は、例外なく日本海側である。現在は東海道新幹線が走るなど、太平洋側が経済的にも優位となっている。しかし、太平洋が広過ぎることもあって、航海技術が発達する江戸末期に至るまで、太平洋側にはまったく国防上の問題がなかった。つまり、日本海側が国境であり、世界への玄関口だったということである。

筑紫島は、現在の九州に相当するが、もとは筑紫国（北九州一帯）を指したとする説もある。筑紫国には九州全体を統括する大宰府が置かれていたからである。天智天皇二年（六六三）の白村江《はくすきのえ》における敗戦以後、北九州沿岸に防人と烽《とぶひ》（狼煙のこと）が置かれたが、その点からも、朝鮮半島とアジア大陸が常に意識されていたことが窺える。

「此の島も亦、身一つにして面四つ有り」とされている。筑紫国（白日別）、豊国（豊日別）、肥国（建日向日豊久士比泥別）、熊曾国（建日別）である。ところが、この中には天孫降臨地である日向国が入っていない。『古事記』には、「筑紫の日向の橘の小門のあはきの原」「筑紫の日向の高千穂のくじふるたけ」という用例もあるが、それと矛盾している。その点については、本居宣長以来問題にされて来たが、現在も通説と言えるようなものはない。

ヒ・ムカとクマ・ソ（背）は表裏の関係で、実は筑紫島は、筑紫（筑前・筑後）、豊国（豊前・豊後）、肥（肥前・肥後）、熊曾（日向・熊曾）であったとする説もある。筑紫島の中に日向も含まれているとする見方である。苦難の末に日本に渡って来た唐僧鑑真（六八八～七六三）は、東シナ海に面した薩摩半島西部の秋目（鹿児島県南さつま市坊津町秋目）に漂着している。しかし、遣唐使が漂流しても、太平洋に面した宮崎県側に漂着することはない。その点からすると、日向は別のエリアと見られており、筑紫島に日向は入っていないという考え方も成り立つように思われる。

壱岐と対馬が朝鮮半島へのルートであったということは、言うまでもあるまい。『万葉集』巻十五に

は、天平八年（七三六）に派遣された遣新羅使人等の歌々が一四五首収録されているが、筑紫館（現在の福岡市中央区城内に置かれた外交使節）を出た後、壱岐・対馬を経て新羅に行ったことが記録されている。また、難波津からの国際航路を守る住吉の神も、筑前・壱岐・対馬に置かれている。

このように、国生みの神話に見られる島々と神々からは、古代の大和の王権が東アジアに続く西日本の国々と、そのルートを重視していたことが見て取れる。

## 4

それでは、大倭豊秋津島はどう考えたらいいのか。古来、本州を指すとする説が有力だった。また、大和を中心とした畿内を指すとする説もある。しかし、私はどちらも違うのではないかと考えている。オホ（大）、トヨ（豊か）、アキ（飽和状態の

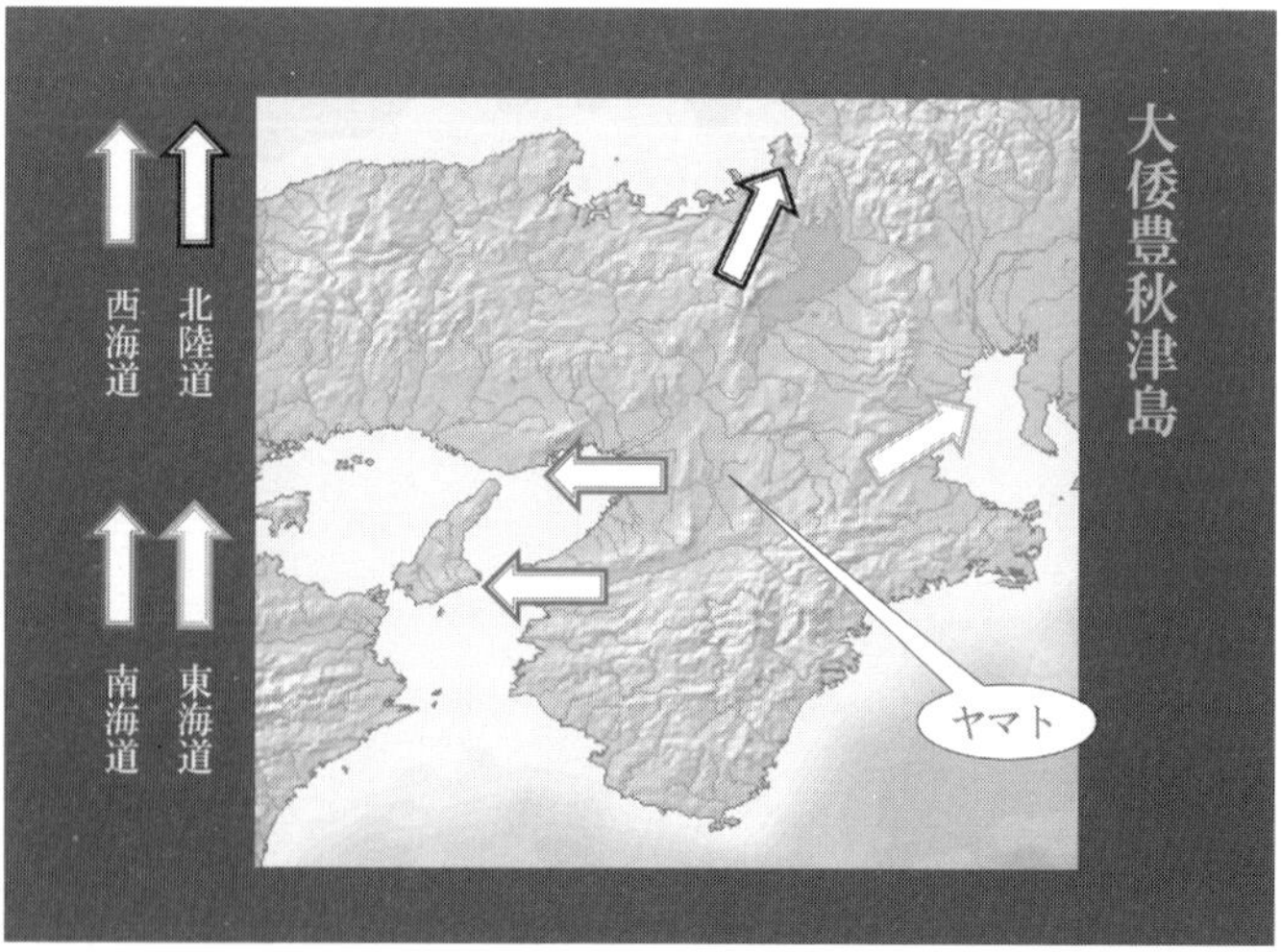




意）はいずれもほめ言葉である。ヤマトを褒めているのだ。シマは、もちろんアイランドの意だが、『万葉集』の用例からすると、川沿いもシマであった。また、シマには池のある庭園の例もある。したがって、水によって区切られた空間をシマと言ったのではないかと考えられる。

大和を中心とした畿内が、そうしたシマであるとする観想は、盆地の中に定住している人の感覚ではあるまい。畿内の内と外を絶え間なく行き来していたことに基づく世界認識であろう。それは西海道（九州）への瀬戸内航路の起点となった大阪湾を第一として、東海道の伊勢湾、南海道の紀淡海峡、北陸道の越前敦賀の海を視野に入れたものではないかと考えられる（↓補助教材「大倭豊秋津島」）。

これについては、もう少し説明が必要だろう。東海道は現在、東京から大阪までであり、名古屋を通っているが、古代の東海道はそうではなかった。大和国

（奈良県）から常陸国（茨城県）までの国々が東海道に属するが、常陸国まで行くには二回海を渡らなければならなかった。伊勢湾と東京湾である。

江戸時代の東海道五十三次でも、桑名宿（三重県桑名市）から七里の渡しで、宮宿（名古屋市熱田区）まで海を渡った。房総半島も、南の方が上総国であり、東京に近い方が下総国だった。『古事記』（中巻）の倭建命の東征伝承でも、神奈川県横須賀市の走水から東京湾を渡っている。実際に走水に行ってみると、確かに海を隔ててはいるものの、房総半島が間近に見える（29頁の写真）。倭建命がここを渡ったという伝承が産まれるのも、なるほどと納得できる。

また古代の北陸道は、福井県内の内陸を通っていたが、とりわけ角鹿（敦賀）から北の木の芽峠は、険阻な難所として知られていた。福井県の嶺北地方と嶺南地方を分ける峠である。北陸本線もここを通っているが、一三八七〇メートルという長いトンネルを抜ける。昭和四十七年（一九七二）に山陽新幹線の六甲山トンネルができるまでは、日本一長い鉄道トンネルだった。

『万葉集』には、「角鹿津に船に乗る時」（巻三・三六六〜三六七）とされた歌がある。越前の国府に向かう旅の歌である。その国府は現在の福井県越前市武生。敦賀湾の入口の南越前町には、江戸時代に北前船の立ち寄った港もあった。国府にもっとも近い港だが、険阻な北国街道を避け、京に運ぶ物資を敦賀まで舟で運んでいたのだと言う。敦賀湾は深い入江なので、比較的波が穏やかだったのであろう。古代においても、険阻な峠を迂回するルートとして、敦賀湾を船で行くことが多かったのだと考えられる。

要するに、東海道・南海道・西海道・北陸道とも、地方に下る時には海を渡ることになった。大倭豊秋津島とは、大和を中心とした畿内を指すが、その外の世界とは海で隔てられている。水によって区切られたシマという空間だったのである。

それは、宇宙から眺めた地図による知見ではない。地上を歩く人間の身体感覚によって世界が捉えられているのだと見なければならない。

## 5

大八島国の後に生まれた六つの島についても述べておく必要がある。ここでは吉備児島についてだけ説明しておくが、わざわざその島が取り上げられているのも、瀬戸内航路が重視されている証拠であろう。児島は、かつて島だったが、現在は島ではない。

現在の岡山市と倉敷市の一帯では、奈良時代から小規模な干拓が行なわれて来たが、天正十七年（一五八九）には、宇喜多秀家の命で大規模な堤が築かれたと言う。それは「宇喜多堤」と呼ばれており、現在もその痕跡が残されている。江戸時代になってからも、岡山藩によって大規模な干拓が進められ、元和四年（一六一八）には、吉備児島は陸続きとなり、児島半島と呼ばれるような地形になった。倉敷市笹沖に鎮座する式内社の足高神社（備中国窪屋郡三座の一社）は、標高五〇メートルほどの山の上に鎮座しているが、そこはかつて海に浮かぶ島の一つだった。その北側が航路となっていたが、潮の流れが速かったこともあって、足高神社の神に敬意を示すため、そこを行く船は帆を下ろして航行

した。そのことから「帆下げ宮」とも呼ばれたと言う。

倉敷市の美観地区のすぐ北側に位置する阿智神社は、標高四〇メートルほどの鶴形山に鎮座している。そこにも、倉敷市一帯がかつて海であったことの痕跡がある。燈台の役割を果たした高燈籠である。

また、倉敷市藤戸町藤戸には「藤戸海峡」と呼ばれる場所がある。現在は海からは遠く離れた住宅地で、倉敷川が流れているが、かつてはそこが海峡だったと言う。『平家物語』（藤戸）では、源平の合戦の際、佐々木三郎盛綱が先陣を切って渡海したことで、功名を挙げた場所として知られる。現在、そこに架けられた「盛綱橋」には、馬に跨って川を渡る盛綱の像（上の写真）が設置され、かつてそこが海峡であったということを今に伝えている。

現在、児島地域は「ジャパンブルー」というジーンズの聖地と化している。塩分の多い埋め立て地なので、そうした土壌でも育つ綿花を栽培したことも、その理由の一つであると言う。「ジャパンブルー」というブランドも、吉備児島が確かに島であったことの現在に残る痕跡の一つなのだ。

## 6

『古事記』に創造主はいない。神が生まれることによって世界ができて行くことを語っている。一つ一つの島も皆神であった。日本列島の誕生は神々の誕生によるものだったのだ。この国生みの後、伊耶那美神は自然を形成するさまざまな神を生むが、まさに八百万の神の世界が創られて行った。国生みの神話から見えることの一つは、その点である。

『日本書紀』には、中国大陸や朝鮮半島の動きに関する記事が豊富に見られるが、『古事記』は外国のことを語らない。しかし、国生みの神話を見て行くと、国際社会の中での王権の領土と視野を、語らずして主張しているように見える。そこには、東アジアの国際社会の中で生きて行かなければならなかった大和の王権の世界認識が色濃く反映しているのである。

## 地上を歩く人の視点から世界を見る

東大寺の正倉院には、越前国足羽郡にあった東大寺の墾田を示した地図が所蔵されています。その真ん中には碁盤の目のような田んぼの図が描かれていますが、その四方には三角形のような山の姿も見られます。山の上には木が生えています。田んぼは上空から見た形であるのに対して、山の姿は地上の人間が水平方向から見た形です。等高線による地形図という地図がなかった時代の体感的な地図と言ってよいでしょう。

山の向こう側にも、別の田んぼがありました。二つの田んぼの間では、三角形の山の頂上が接触するような形に描かれています。右の田んぼでは左側が上、左の田んぼでは右側が上になっています。それぞれの田んぼから見た山の姿が描かれているのです。

上下左右に、それぞれ東西南北という文字が見られます。北が上なので、現代と同じではないかと思うでしょうが、これはカーナビと同じで、進行方向が上になっているのです。越前国は現在の福井県。五畿七道という古代の行政の規定では、北陸道に属する国でした。実際、奈良から越前に向かう時は、奈良盆地の北側の奈良山を越え、北に向かったのです。それで、北が上にあるのだと考えられます。

日本の古代国家の世界観を考える時、地図を九〇度回転させ、東を上にして見るとよくわかります。しかし、東が上ということが上代の常識だったというわけではありません。東西の軸をタテといった例はありました（『万葉集』巻一・五二）が、その世界観がどこまで一般化していたのか。現在自分が当たり前だと思っていることも疑ってみる必要があります。それは必ずしも上代に限らず、現代の作品であっても、作者と同じ文化を共有しているかどうかは慎重に考えるべきでしょう。

## 東が重視される理由は何か

日本の王権が東を重視したのは、この列島の位置と形に基づく宿命的な世界観だったと思われます。太平洋は広大で、十九世紀頃まで、そちら側に外国船が来ることはなく、国防という点ではノーマークでした。八世紀の正史『続日本紀』には、日本海側については対外関係の記事がたくさんありますが、太平洋側に関する対外記事は皆無です。つまり、世界に窓を開いた国境は日本海側だったということです。

先進国の唐は、日本列島の西にありました。大和の王権から唐に向かう時、盆地の西側に聳える生駒山の鞍部（後にくらがり越え奈良街道と言われる道で、現在も国道です）を越えて、難波津（現在の大阪市にあった港）に行き、そこから船に乗って瀬戸内海を西に航行しました。朝鮮半島の新羅や百済に行く時も、瀬戸内海を行きました。すなわち、古代の王権の感覚として、世界は西にあったのです。

一方、自分の国が東にあり、太陽の昇る方向だということが、日本《ひのもと》という国号を生んだように、太陽神とも言われる天照大神も、大陸の東にあるこの列島の王権だからこそ生まれた皇祖神だったと考えられます。つまり、日本という国は東アジアのこの位置にあり、この形だったからこそ生まれたのだと、私は考えています。

古代の日本は背伸びをして、唐と対等の外交をしました。それは「日出づる処の天子」と自称したことにも窺えます。

## 『古事記』は誰に読ませるものだったのか

当然のことですが、太安萬侶《おおのやすまろ》が記したものは一冊しかありませんでした。印刷した書物を多数の読者に提供する出版という事業は、江戸時代に始まったことで、上代には書き写す以外に複数の本ができることはありませんでした。

それでは、『古事記』は誰に読ませるものだったのか。それは序文を見れば明らかです。序文は「臣安萬侶言す」と始まります。また、「臣安萬侶に詔りたまはく、『稗田阿礼が誦める勅語の旧辞を撰ひ録して、献上れ』とのりたまへば」とも記されています。天皇が太安萬侶に、稗田《ひえだの》阿礼《あれ》の語り伝えた天武天皇の勅語をきちんと文字化して献上しなさい、と言ったというのです。そして最後は、「臣安萬侶、誠惶誠恐み、頓首頓首す」と締めくくられ、「和銅五年正月廿八日」とされています。つまり、和銅五年（七一二）は元明天皇の時代なので、元明天皇（六六一～七二一）に献上されたものだということです。

古代において、地図を持つことは、その土地を掌握することでした。同様に、歴史書を持つということは、時間を支配するということだったと見られます。少なくとも、誰もが読むことのできる書物だったわけではありません。

# 第三日

# 『古事記』――伝承の世界

## 1

その序文によれば、家々に伝わった歴史を天武天皇（六七二〜六八六在位）が「削偽定実」（偽りを削り、実を定める）したとされており、『古事記』は正しい天皇の「歴史」を記すことを意図したものであるということがわかる。しかし、一般に上巻は神話、中巻は伝承、下巻は歴史だと言われている（第一日）。世界の起源などを神の事績として伝えるものが神話だとすれば、上巻はまさしく神話である。一方、中巻と下巻は天皇を中心とした人間たちの事績を伝えている。それは決して神話ではあるまい。

歴史とは、過去の事実を記録したものであろう。とすれば、事実確認のできない記述の多い下巻も、決して歴史ではないということになろう。ファンタジーとしか思えない記述も多い。それはむしろ伝承だと言った方がよい。したがって、中巻と下巻は総じて伝承として扱うべきものだと考えられる。

その中巻には、初代神武天皇から応神天皇（十五代目）までの事績が記されている。また下巻には、仁徳天皇（十六代目）から推古天皇（三十三代目）までの事績が書かれている。しかし、神武・垂仁・景行・仲哀・応神・仁徳・雄略の各天皇に関しては、物語と言ってもよいまとまった記述が見られるものの、欠史八代をも含め、あとの天皇については簡略な記述にとどまる（第一日）。

そこには、現代の歴史学では、とうてい歴史的事実とは認め難い事柄が多く含まれている。しかし、それは天武天皇とって「削偽定実」した間違いのない事実だった。すなわち、天武天皇が正しいと考えた「歴史」、重要だと考えていた過去の事績を記したものが『古事記』だということになろう。『古事記』には、豊富な伝承が見られるが、それを一回の授業で取り上げるのは不可能である。そこで今回は、その中から最初の天皇である神武天皇の伝承を取り上げることにしよう。それによって、『古事記』は天皇の歴史としてどのようなことを伝えようとしているのか、ということを考えて行くことにしたい。

## 2

以下は通例に従って、神武という諡《おくりな》を使用する。こうした諡号は天平宝字年間（七五七〜七六四）に、淡海《おうみの》三《み》船《ふね》（七二二〜七八五）によって撰定されたものと言われており、『古事記』にその使用例はない。神武天皇は神倭《かむやまと》伊《い》波《は》礼《れ》毘《び》古命《このみこと》とされている（以下、即位するまでは伊波礼毘古と称する）。近代の天皇も皆、没後に諡が与えられたが、現在の上皇も没後に「平成天皇」と諡されるのであろう。

また、「天皇」という称号は現在、天武天皇（六七二〜六八六）が使い始めたとする説が有力である。

しかし、『古事記』の中巻と下巻には、神武ばかりでなく、随所に「天皇」という呼称が見られる。つまり、『古事記』は太安萬侶《おおのやすまろ》（？〜七二三）が生きた時代の常識に基づいて過去を語っているのである。

さて、伊波礼毘古は「筑紫の日向の高千穂のくじふるたけ」に天降った天津日子番能迩々芸命《あまつひこほのににぎのみこと》のひ孫とされる。また、迩々芸命は高天原の支配者である天照大神の孫にあたるので、伊波礼毘古は天孫ということになる。天《あま》つ神《かみ》の子孫である。

迩々芸命は日向で、大山祇神《おほやまつみのかみ》の娘木花之佐久夜毘売《このはなのさくやびめ》と結婚し、火遠理命《ほをりのみこと》を生んだ。その火遠理命は、海神の娘豊玉毘売《とよたまびめ》と結婚して、鵜葺草葺不合命《うがやふきあへずのみこと》を生んだが、伊波礼毘古はその子どもである。すなわち、日向三代と呼ばれる系譜の後に伊波礼毘古が生まれたのだが、大和の王権の歴史の中では、東征することを宿命づけられた存在だったと言ってよい。したがって、神武記（『古事記』の神武天皇段を一般にこう呼ぶ）は兄の五瀬命《いつせのみこと》と東征するところから始まっている。

『古事記』の伊波礼毘古は、

「何れの地に坐さば、天の下の政を平らけく聞こし看さむ。なほ東に行かむと思ふ」とのりたまふ。

とだけ言って東征の旅に出たとされる。一方、『日本書紀』では、

鹽土老翁《しほつちのをぢ》に聞きき。曰ししく、「東に美《うまし》地有り。青山四周《よもに》れり。（中略）余《われ》謂ふに、彼の地は、必ず大業《あまつひつぎ》を恢《ひろ》め弘《の》べ、天下に光宅《みちを》るに足りぬべし。蓋し六合《くに》の中心か。（中略）何ぞ就きて都つくらざらむや」とのたまひき。

と、鹽土老翁の教えに従って、東征の旅に出たと伝えられている。なぜ「東」に行くのかという点に

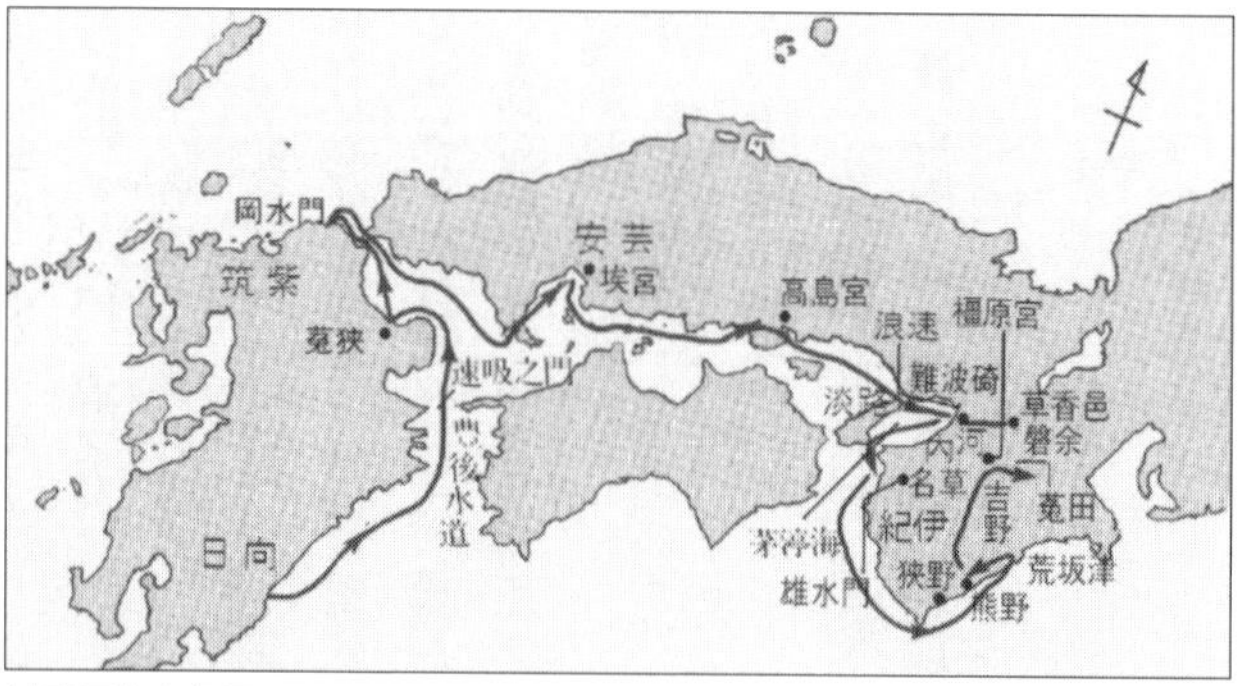


神武天皇東征図

記紀には記述がないが、宮崎県日向市美美津町に、神武天皇がここから船出をしたという伝承のある港がある。それに因んで、紀元二千六百年とされた昭和 15 年（1940）には、「日本海軍発祥之地」と認定されている。上の地図は『日本書紀① 〈新編日本古典文学全集〉』（小学館・1994）から引用。

ついて、『日本書紀』には明確な理由が示されているが、『古事記』はやや曖昧である。しかも、発話者が異なっている。このように、同じことを語っていても、細部にさまざまな違いが見られるのが伝承の特色だが、これによっても、神武東征は「歴史」ではなく、伝承であったということがわかる。

　これは一般に神武東征伝承と呼ばれているものだが、その本文の分量で言えば、神武記の三分の二ほどが、それにあたる。伊波礼毘古は日向から東征し、紆余曲折の末に、大和国の「畝火《うねび》の白檮《かし》原宮《はらのみや》」で即位した。つまり、初代の「天皇」であるとともに、大和を皇都の地と定めた天皇として語り伝えられたのである。

　伊波礼毘古は美美津（宮崎県日向市美美津町）という港から船出をしたとする伝承もあるが、記紀には見られない。東征の途中、「筑紫の岡田宮」（福岡県遠賀郡）で一年。「阿岐国《あきのくに》の多祁理宮《たきりのみや》」（広島県だが所在未詳）で七年、「吉備の高嶋宮」（岡山県だが所在未詳）で八年過ごした後、大和を目指す。「浪速《なみはや》の渡」（大阪湾）を経て、「青雲の白肩津《しらかたのつ》」（東大阪市日下付近）に船を碇泊させた時、登美能那賀須泥毘古《とみのながすねびこ》が待ち伏せしており、兄の五瀬命はその矢に当たって痛手を負う。

そこで五瀬命は次のように述べている。

> 吾は日神の御子と為て、日に向ひて戦ふこと、良くあらず。故、賤しき奴が痛手を負ひつ。今よりは、行き廻りて背に日を負ひて撃たむ。

と言ったと伝える。天皇とはどういうものであるのかという点について考える上で、これはとても重要な発言である。

まずは、神武たちが「日神の御子」であるということ。もちろん、天照大神の子孫であるということだ。また、「日に向ひて戦ふこと、良くあらず」と、東に向かって戦ったことが失敗だったと言う。そこで、「行き廻りて背に日を負ひて撃たむ」と方針を変える。太陽を背にして戦うとは、東側から攻めるということである。太陽を背にして立つために、紀伊半島をぐるりと迂回することになる。

五瀬命は「紀国の竈山《かまやま》」（和歌山市和田に鎮座する竈山神社）で没してしまうが、伊波礼毘古はそこから「熊野の村」に向かった。和歌山県新宮市佐野の国道四二号線（熊野街道）沿いには、「神武天皇聖蹟狭野顕彰碑」という石柱がある。「狭野《さの》」という地名は『日本書紀』神武天皇即位前戊午年六月条に、

> 遂に狭野を越え、而して熊野の神邑《かみのむら》に到り、また天磐盾《あまのいはたて》に登り、仍りて軍を引き漸《やくやく》に進む。

と見られる。「狭野云々」は別として、記紀ともに伊波礼毘古が熊野に向かったということを伝えている。もちろん、「背に日を負ひて」戦うためである。

東方への憧れは世界中に見られるとも指摘されているが、天皇が太陽の昇る東側に立つということは「日神の御子」だからである。つまり、古代の日本は東を優位の方角として、西向きの王権だったということになる。現在、地図は北を上にするのが常識だが、イギリスのグリニッジが経度の起点になっているように、所詮それはヨーロッパの世界観にほかならない。古代の日本の場合はむしろ、東を上とした地図を見た方が、天皇を中心とした王権の世界観がよく理解できる。大和から見て東に伊勢、西に出雲である。

日の昇る方向の伊勢には、天つ神の代表である天照大神を祀る伊勢神宮（三重県伊勢市宇治館町）が鎮座している。一方、日の沈む方向の出雲には、出雲大社（島根県出雲市大社町杵築東）がある。古代においては、杵築《きつき》の大社《おおやしろ》と呼ばれたが、そこには国つ神（天つ神に対する概念）の代表と言ってよい大国主神が祀られている。

## 3

神倭伊波礼毘古命は、なぜ「東」に向かわなければならなかったのか。太陽は東から昇るが、大和から見た時、東側に伊勢神宮があるからだと言ってもよい。しかし、もっと根本的な理由がある。それは後に『古事記』として形をなした「帝紀と旧辞」（『古事記』序文）の「削偽定実」を行なった天武天皇の事績である。天武天皇元年（六七二）六月に勃発した壬申の乱である。

『古事記』は推古天皇（五九二〜六二八在位）までの記録なので、壬申の乱に関する記述はないが、養老四年（七二〇）に献上された『日本書紀』には詳しい記録がある。

『日本書紀』は三十巻から成り、神代から持統天皇までの歴史を記録している（第一日参照）が、天武天皇だけに二巻を割いていて、そのうちの一巻は壬申紀と言われる。神代の二巻は別として、神武天皇の即位からでも千三百年以上、四十人の天皇の歴史を二十八巻にまとめているのに、ひと月ほどの内乱だった壬申の乱に一巻を割いているのだ（54頁参照）。天武の王権の確立にとって、それがどれほど重要な出来事であったかということが理解できる。

壬申の乱は皇位継承の争いである。それは、天智天皇（六六八〜六七一）の後継争いとして、その弟の大海人皇子《おおあまのみこ》（天武天皇）と息子の大友皇子（六四八〜六七二）が戦った。結果として、大海人皇子が勝ち、飛鳥清御原宮《あすかきよみはらのみや》（奈良県高市郡明日香村）で即位し、天武天皇となった。以後百年ほど、皇統は天武の血筋によって受け継がれ、天智の子孫は日の目を見ないことになる。

『日本書紀』によって、乱の経過を追って行くと、以下のようになる。天智天皇は近江大津宮（滋賀県大津市錦織一帯）を都としたが、その十年（六七一）九月、病が重篤になった。病の床に弟の大海人を呼んで、後は汝に託すと伝えるが、大海人は本心でないことを察知して、それを固辞。直ちに剃髪して、吉野（奈良県吉野郡吉野町宮滝）に逃れた。

ところが、近江では大海人の蜂起に備えて武装しているとの報告があった。それを受けて大海人は、挙兵を決意。六月二十四日、正妃の鸕野讃良皇女《うののさららのひめみこ》（後の持統天皇）と、二十人余りの従者、十人ほど女儒ともに吉野を発った。『日本書紀』天武天皇元年（六七二）六月条は、それを「東国に入りたまふ」

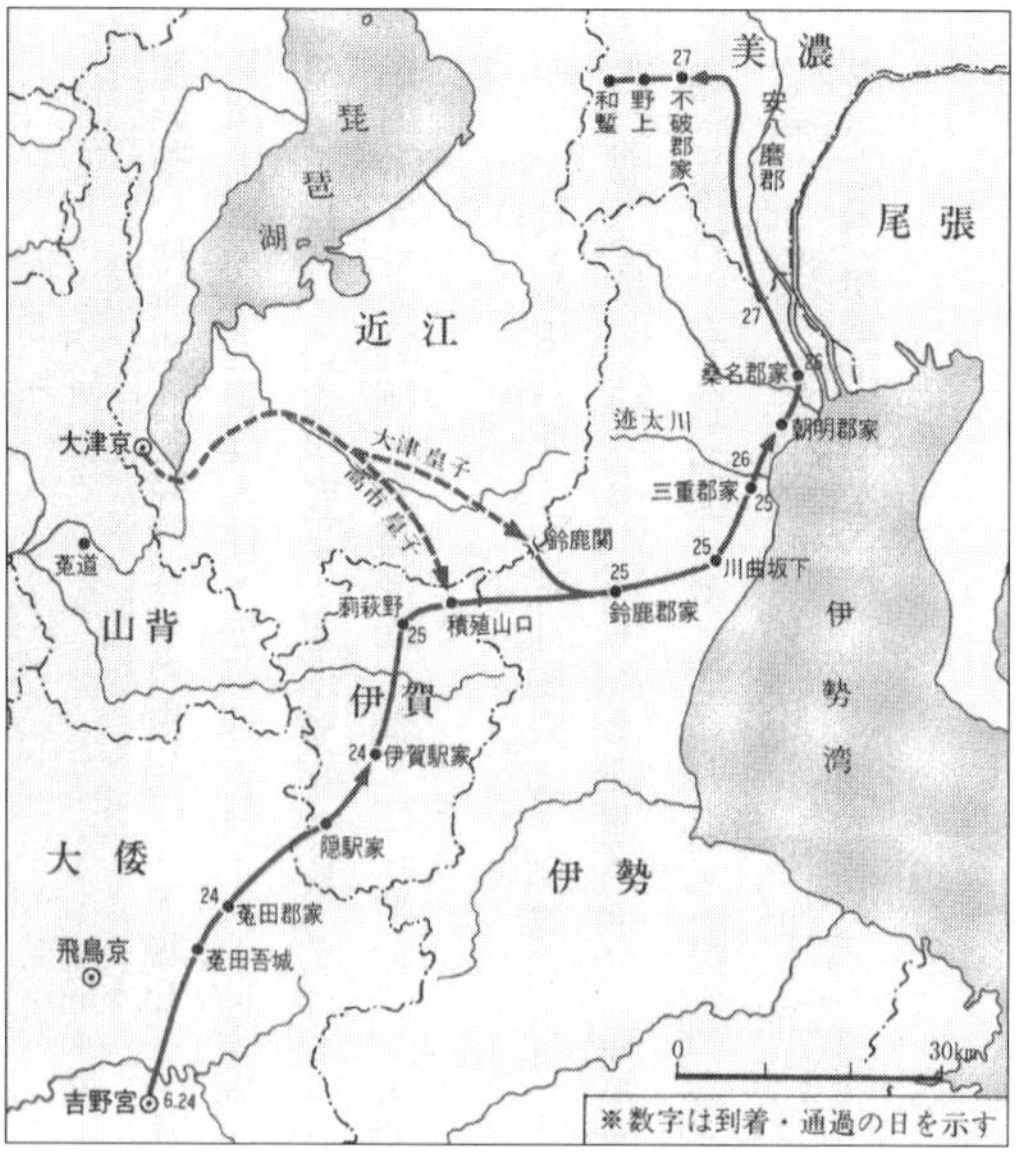

『日本書紀③〈新編日本古典文学全集〉』（小学館・1998）から引用

と伝えている。

菟田吾城《うだのあき》（宇陀市大宇陀）、菟田郡家《うだのこほりのみやけ》（宇陀市榛原）、隠駅家《なばりのこほりのみやけ》（三重県名張市）、伊賀駅家《いがのうまや》（三重県伊賀市）、積殖山口《つむゑのやまぐち》（伊賀市）、鈴鹿郡家（三重県鈴鹿市）、川曲坂下《かはわのさかもと》（鈴鹿市）、三重郡家（鈴鹿市）、朝明郡家《あさけ》（三重県四日市市）を経て、二十六日に桑名郡家（三重県桑名市）に入るまで、およそ一四〇キロをほとんど不眠不休で走破した。そして二十七日、不破の野上（岐阜県不破郡関ケ原町）に行宮を設け、ここに滞在して、東から近江大津宮を攻める態勢になる。

『日本書紀』によると、大海人はこの行軍の途中、朝明郡の迹太川辺《とほかはのへ》で天照大神を望拝している。これは、単に伊勢神宮を遠くから拝んだということではあるまい。古代の政治は、まさにマツリゴトであった。神を祀ることこそが政治である。当然使者を遣わして、きちんとした祭祀を行なったに違いない。

その後、各地での激戦は、大海人方が勝利を重ねた。七月二十二日には、近江大津宮の東側の入口

伊勢神宮には、天照大神を祀る内宮と豊受大神を祀る外宮をはじめ、125のお社がある。上の写真は内宮の正宮で、この石段から上は写真撮影禁止である。早朝に参拝したので、人はあまりいない。

であった瀬田の唐橋（大津市瀬田）が破られた。そして、大友皇子は敗走し、二十三日、山前《やまさき》（候補地は諸説あり不明）で自害。大海人は天照大神を祀ったことによって、勝利を得ることができた。斎王（未婚の皇族女子が伊勢神宮の祭祀に奉仕する）や式年遷宮（二十年に一度、伊勢神宮のすべての社と神宝を新しくする）の制度が天武朝に始まるのは、天武王権の誕生にとって、伊勢神宮の貢献が大きかったことに基づくと考えられている。

伊勢神宮は現在、三重県を代表する観光地としても知られ、毎年多くの参拝者を集めている。しかし、それは江戸時代以後のことであって、本来は天皇だけの神だった（→補助教材「伊勢神宮の時代的変遷」）。天武朝以後、律令体制の中では、天皇以外の者が伊勢神宮に参拝することは堅く禁じられていた。それは天皇の大権を奪うことを意味したので、死罪とされたのだ。

こうして大海人は、「東国」から大津宮を攻めることで乱に勝利したが、あたかもそのコースをなぞるように、

### 伊勢神宮の時代的変遷

**古代**
天武朝以後、皇祖神として王権を支え、国家の神とされた。天皇の代ごとに卜定で斎王が選ばれ、神宮に奉仕。私幣禁断の制が厳守される。

**中世**
律令国家の解体に伴い、経済的基盤が動揺。鎌倉時代末には、斎王制度も消滅する。資金調達のため御師が布教活動。武士も寄進。日本の総鎮守となる。神仏習合し、伊勢神道を形成。僧侶も参拝する。内宮と外宮の対立が激化する。

**近世**
一般民衆に信仰されて、おかげ参りとして伊勢参詣が全国的に広がる。東国を中心に大神宮の分霊を祀る神明社もできる。各地に伊勢講も。

**近代**
王政復古によって、神仏分離が行われ、神宮の旧儀が復活。明治天皇が参拝。国家神道の中心に位置づけられ、全国の神社の頂点となる。

**現代**
宗教法人神社本庁の本宗。皇室の祖先神とされるが、一般民衆の崇敬も受け、日々多くの人が参拝に訪れる。観光地化の傾向も見られる。

東国に行幸した天皇がいる。それは聖武天皇（七二四～七四九在位）である。藤原広嗣（?～七四〇）が九州で蜂起したのを契機に、聖武は平城京を出て東国に向かっている。『続日本紀』天平十二年（七四〇）十月条には、

　朕意ふ所有るに縁りて、今月の末暫く関東に往かむ。

と、聖武の言葉を伝えている。聖武天皇は天武天皇の直系のひ孫である。聖武は自ら広嗣と戦ったわけではないが、天武の事績を踏まえた行幸だったとする見方が有力である。因みに、大伴家持もその行幸に従駕したので、『万葉集』（巻六・一〇二九～一〇三六）にはその時の歌々がある。

　このように、天照大神という日神を戴いて、東から戦うことは、王権を勝ち取る上でもっとも効果的な方法と考えられていたのだ。東征伝承の中で、

　吾は日神の御子と為て、日に向ひて戦ふこと、良くあらず。故、賤しき奴が痛手を負ひつ。今より

は、行き廻りて背に日を負ひて撃たむ。

とされたのは、史実ではなく、『古事記』に繋がる修史事業を始めた天武天皇の事績が前提にあったのだろう。それは、蓋然性の高い仮説ではないかと考えられる。

## 4

権威づけのためのニセ系図作りは、いつの時代にもあったようだが、明治時代にはとりわけ、系図を作ることが流行したと言う。武士の社会が崩壊し、新たな階層が生まれたからである。その時、とりわけ下級武士などから成り上がった人たちには、現在の身分にふさわしい祖先が必要とされたのだ。『続日本紀』養老四年（七二〇）五月条によれば、『日本書紀』にはもともと「系図一巻」があったとされるが、『古事記』の骨格も系譜記事にある。家系図こそが、現在の権威を支えるものだったと言ってもよい。

そういう言い方をしてしまうと、身も蓋もないが、『古事記』は天皇という王権を正当化するための歴史である。そのために創られた過去が『古事記』の神話であり、天照大神に繋がる伝承だったと言えよう。過去がこうだったからこそ、現在こうあるのだと語られているが、実際には、現在がそうだからこそ、それにふさわしい過去が創られたのである。神武東征伝承も、そうしたものの典型であると考えてよい。その時、天武天皇の権威が意識され、利用されたのだということであろう。すなわち、伝承は現在を映す鏡でもあるのだ。

## 大友皇子を天智天皇の正統な後継者と見る歴史観

琵琶湖南岸、滋賀県大津市西の庄という所に法伝寺（真宗仏光寺派）という小さな寺院があります。住職は大友さんと言い、大友皇子の六十何代目かの子孫であると伝えられています。その寺院に、天智天皇（六二六～六七二）と大友皇子（六四八～六七二）の位牌があるということなので、かつて住職さんにお願いして、それを見せていただいたことがありました。位牌だけではなく、さまざまな資料が残されていて、とても興味深い経験でした。『懐風藻』も大友皇子が正統な後継者だとしていますが、天智が都を置いた大津には、壬申の乱の敗者である大友が天智の正統な後継者だということを示すさまざまな伝承があるのです。

一方、当然のことですが、壬申の乱の勝者である天武天皇が正統だとする主張もあります。その最たるものが『日本書紀』です。勝った側の主張する歴史は正史という形で後世にきちんと伝わりますが、負けた側の言い分はほとんど消えてしまいます。それが歴史というものの宿命なのでしょう。

なお、大津市に残る大友皇子の伝承については、私の『創られた万葉の歌人　額田王』（塙新書・二〇〇〇）という本の最後の章に、詳しく書いてありますので、ぜひそれを読んで下さい。

## 平城京にも東を優位とする宇宙観が反映しているのか

奈良盆地の西側には、南北に連なる生駒山地があり、大阪府との府県境になっています。大阪側から見ると、あたかも大阪と奈良の間の衝立のように見えます。

平城京から西を遠望すると生駒山（標高六四二メートル）があります。現在は、近鉄奈良線が生駒トンネルを抜けて、難波《なんば》（大阪ミナミの繁華街）に通じていますが、奈良時代の国際的玄関口難波《なにわ》も、現在の大阪市の中心部にありました。中央区法円坂に孝徳天皇の時代（六四五～六五四）に都とされた難波宮跡があります。難波津《なにわづ》の位置については説が分れていますが、遣唐使も遣新羅使もその難波津から出航し、瀬戸内海を西に航行しました。したがって、平城京の人たちにとって、世界は西にあると認識されていたのです。『令義解《りょうのぎげ》』という律令の注釈書は、新羅を「西蕃」としていますが、下位と見るべき外国は西だったのです。

　少し時代が下りますが、福岡市東区に筥崎宮という立派な神社があります。武神とされた応神天皇、外征の神としての神功《じんぐう》皇后が祀られています。そこでは、博多湾の海岸まで一直線に参道が続いていますが、その西向きの楼門の扁額には「敵國降伏」と認められています。醍醐天皇（八八五〜九三〇）の宸筆と言われていますが、当時も西側に「敵國」があると認識されていたのです。

　平城京の中でも、東が優位であったと考えられます。左大臣と右大臣は、官位は同じく従二位ですが、左大臣の方が上位でした。したがって、右京（南面する天皇から見て右側）よりも、左京の方が上位と見られていたようです。

　左京の一条南大路を佐保道とも言いますが、その佐保一帯には、上級貴族たちの大邸宅が軒を連ねていました。大伴家持（七一八？〜七八四）が生まれ育ったと見られる佐保大納言家も、そこにあったと考えられています。現在、興福院という尼寺（奈良市法蓮町）のあるあたりとする説が有力ですが、『万葉集』には「佐保」という地名がたくさん出て来ます。

　平城京は南北を軸として、天皇が南面するように造られていますが、左京が優位だと見られる理由は、いくつかあったと思われます。官僚組織全体として左が優位であるということは当然のことですが、壬申の乱以後、東が優位とされたこともその一つであると考えられます。さらには、平城京の東側が山なので、東に行くほど高燥な土地であるということ。現在でも、JR奈良駅から三条通（三条大路）を東に向かい、興福寺境内の南側を通って、春日大社（東大寺の南側）の参道の方に歩いて行くと、ずっと緩やかな登りです。大雨が降っても、左京ならば浸水しなかったと考えられます。

　『万葉集』に登場する当時の貴族たちの多くも、平城京の左京に住んでいました。そのため、『万葉集』の歌々に詠まれた平城京内の地名を見て行くと、そのほとんどが左京です。また、左京に隣接した「春日」（興福寺の東側、奈良公園のあたり）は平城京の郊外ですが、『万葉集』にもっとも多く詠まれている地名です。

　平城京は、東側に外京《げきょう》と呼ばれる張り出し部分があるのが特徴です。地形の関係なのでしょうが、優位と考えられた東側の需要が多かったのかも知れません。

# 第四日 『日本書紀』――編年体で語る歴史



## 1

一般に、『古事記』は紀伝体、『日本書紀』は編年体と言われる。歴史の伝え方が異なるのだが、両者のもっとも大きな違いは、歴史書としての信頼性であろう。

奈良県では日々多くの発掘調査が行われているが、『日本書紀』の記述通りに遺構が確認できたという報告が多い。たとえば、蘇我入鹿邸の跡から焼失した痕跡が見つかったとする報告である（奈良文化財研究所・二〇〇五年一一月）。『日本書紀』皇極天皇四年（六四五）六月条には、

> 己酉（十三日）に蘇我臣蝦夷等、誅せらるるに臨みて悉に天皇記・国記・珍宝を焼く。

と伝えられている。

また、斉明天皇と間人皇女と見られる合葬墓の隣に、やはり『日本書紀』の記述通り、墳墓が見つかったとする報告もある（明日香村教育委員会・二〇一〇年一二月）。『日本書紀』の天智天皇六年（六六七）

二月条に、

　戊午（二十七日）に、天豊財重日足姫《あめとよたからいかしひたらしひめ》天皇と間人皇女《はしひとのひめみこ》とを、小市岡上陵《をちのをかのへのみささぎ》に合葬りまつる。是の日に、皇孫大田皇女を以ちて、陵の前の墓に葬りまつる。

と伝えられている。

　この現地説明会の時は時間が取れたので、わざわざ明日香まで見に行ったが、そこにはたくさんの人が押し寄せていた。

　比較的最近も、「烽《とぶひ》」と呼ばれた『日本書紀』の「のろし台」の跡が確認されたという報告があった（高取町教育委員会・二〇二〇年一二月）。この「のろし台」は、天智天皇二年（六六三）、白村江で唐と新羅の連合軍と戦い、負けた結果としての国防政策の一つである。『日本書紀』天智天皇三年是歳条には、

　是の歳に、対馬島・壱岐島・筑紫国等に、防《さきもり》と烽とを置く。又、筑紫に、大堤を築き水を貯へ、名けて水城と曰ふ。

とされている。大宰府を防衛するための水城の築堤と一連の措置であった。

　このように、考古学的な調査によって、『日本書紀』の記述の正しさが裏づけられたとする報告は、それこそ枚挙にいとまがない。とりわけ七世紀の記事に関しては、正確であるという報告が多い。また、簡略な記述に過ぎない部分が、考古学的な調査によって、より具体的に見えて来たという事例もある。同じく歴史書とは言っても、『古事記』と『日本書紀』の違いの一つは、この点にある。

## 2

『日本書紀』の三十巻は、以下のように構成されている。便宜的に下段に漢風諡号（漢語によるおくり名）を示したが、『書紀』では上段の和風諡号が用いられている。

| | | | |
|---|---|---|---|
| 巻第一 | 神代上 | | |
| 巻第二 | 神代下 | | |
| 巻第三 | 神日本磐余彦天皇 | 神武天皇 | |
| 巻第四 | 神渟名川耳天皇 | 綏靖天皇 | 欠史八代 |
| | 磯城津彦手看天皇 | 安寧天皇 | |
| | 大日本彦耜友天皇 | 懿徳天皇 | |
| | 観松彦香殖稲天皇 | 孝昭天皇 | |
| | 日本足彦国押人天皇 | 孝安天皇 | |
| | 大日本根子彦太瓊天皇 | 孝霊天皇 | |
| | 大日本根子彦国牽天皇 | 孝元天皇 | |
| | 稚日本根子彦大日日天皇 | 開化天皇 | |
| 巻第五 | 御間城入彦五十瓊殖天皇 | 崇神天皇 | |
| 巻第六 | 活目入彦五十狭茅天皇 | 垂仁天皇 | |

| | | |
|---|---|---|
| 巻第七 | 大足彦忍代別天皇 | 景行天皇 |
| | 稚足彦天皇 | 成務天皇 |
| 巻第八 | 足仲彦天皇 | 仲哀天皇 |
| 巻第九 | 気長足姫尊 | 神功皇后 |
| 巻第十 | 誉田天皇 | 応神天皇 |
| 巻第十一 | 大鷦鷯天皇 | 仁徳天皇 |
| 巻第十二 | 去来穂別天皇 | 履中天皇 |
| | 瑞歯別天皇 | 反正天皇 |
| 巻第十三 | 雄朝津間稚子宿禰天皇 | 允恭天皇 |
| | 穴穂天皇 | 安康天皇 |
| 巻第十四 | 大泊瀬幼武天皇 | 雄略天皇 |
| 巻第十五 | 白髪武広国押稚日本根子天皇 | 清寧天皇 |
| | 弘計天皇 | 顕宗天皇 |
| | 億計天皇 | 仁賢天皇 |
| 巻第十六 | 小泊瀬稚鷦鷯天皇 | 武烈天皇 |
| 巻第十七 | 男大迹天皇 | 継体天皇 |
| 巻第十八 | 広国押武金日天皇 | 安閑天皇 |

| | | |
|---|---|---|
| | 武小広国押盾天皇 | 宣化天皇 |
| 巻第十九 | 天国排開広庭天皇 | 欽明天皇 |
| 巻第二十 | 渟中倉太珠敷天皇 | 敏達天皇 |
| 巻第二十一 | 橘豊日天皇 | 用明天皇 |
| | 泊瀬部天皇 | 崇峻天皇 |
| 巻第二十二 | 豊御食炊屋姫天皇 | 推古天皇 |
| 巻第二十三 | 息長足日広額天皇 | 舒明天皇 |
| 巻第二十四 | 天豊財重日足姫天皇 | 皇極天皇 |
| 巻第二十五 | 天万豊日天皇 | 孝徳天皇 |
| 巻第二十六 | 天豊財重日足姫天皇 | 斉明天皇 |
| 巻第二十七 | 天命開別天皇 | 天智天皇 |
| 巻第二十八 | 天渟中原瀛真人天皇　上 | 天武天皇 |
| 巻第二十九 | 天渟中原瀛真人天皇　下 | 天武天皇 |
| 巻第三十 | 高天原広野姫天皇 | 持統天皇 |

各巻の分量には、かなりのばらつきがある。天皇によって、在位期間に差があることも原因だが、やはり重要度の違いであろう。『日本書紀』は養老四年（七二〇）に完成したが、そこには奈良時代初期の歴史認識が現れていると見てよい。

分量の多いのは、神代上・神代下。天皇という存在の正当性が神代の事績に由来するものなので、それは当然のことであろう。また、継体天皇以後（六世紀〜七世紀）の記述が総じて充実している。大雑把な言い方だが、武烈天皇以前は伝承であり、継体天皇以後は歴史であると言ってもよい。考古学的な調査によって裏づけられるのも、ほとんど後者の歴史である。

『古事記』は推古天皇までだったが、奈良時代初期の王権にとって、「古事」とは推古以前と見られていたのだ。逆に言えば、舒明天皇以後が〈近代〉だということになろう。『日本書紀』も、舒明以後の記述は詳細でより正確なものになって行く。

中でも、天武天皇とその皇后だった持統天皇がもっとも重視されている。奈良時代初期の王権にとって、壬申の乱に勝利して、その権威を確立した人たちなので、当然の扱いであろう。天武紀は上下二巻あるが、ひと月ほどの出来事だったその壬申の乱に一巻を割いている。東征伝承に多くの分量を割く初代の神武紀と、ほぼ同じ分量である。また天武の治世は十四年ほどだったが、その事績を記す下巻は神武紀の二・六倍ほどにもなり、最大の巻である。持統紀も神武紀の二倍ほどの分量がある。

一方、綏靖天皇から開化天皇までの八代が巻第四に収められているが、これは欠史八代と呼ばれ、『古事記』と同様、比較的簡略な記事があるに過ぎない。本文の分量で言うと、その八代で神武紀の半分ほどである。二人以上で一巻を構成する天皇は、総じて重要度が低いということになろう。

## 3

ここでは、天武紀を見て行く。『日本書紀』にとって、もっとも重要な巻だからである。天武紀の上巻（壬申紀）については前回（第三日）少し触れたので、ここでは下巻について見て行くことにしよう。天武の即位は壬申の乱の翌年のことだが、『日本書紀』は乱に勝利した年を元年（六七二）として、二年の記事から始まる。

二年春正月丁亥《ひのとゐ》の朔《ついたち》の癸巳《みづのとみ》（七日）に、置酒して群臣に宴す。

A二月丁巳《ひのとみ》の朔の癸未《みづのとひつじ》（二十七日）に、天皇、有司に命せて壇場《たかみくら》を設け、飛鳥浄御原宮《あすかきよみはらのみや》に即帝位《あまつひつぎしらしめ》す。正妃を立てて皇后とす。后、草壁皇子尊を生みたまふ。

B先に皇后の姉大田皇女《おほたのひめみこ》を納れて妃とし、大来皇女と大津皇子を生む。次妃大江皇女、長皇子と弓削皇子を生む。次妃新田部皇女、舎人皇子を生む。

C又、夫人《ぶにん》藤原大臣の女氷上娘《むすめひかみのいらつめ》、但馬皇女を生む。次夫人氷上娘《ひかみのいらつめ》の弟《いろど》五百重娘《いほへのいらつめ》、新田部皇子を生む。次夫人蘇我赤兄大臣の女大蕤娘《おほぬのいらつめ》、一男二女を生む。其の一を穂積皇子と曰し、其の二を紀皇女と曰し。其の三を田形皇女と曰す。

D天皇、初め鏡王の女額田姫王を娶り、十市皇女を生む。次に胸形君《むなかたのきみ》徳善の女尼子娘を納して、高市皇子命を生む。次に宍人臣《ししひとのおみ》大麻呂の女檝媛娘《かぢひめのいらつめ》、二男二女を生む。其の一を忍壁皇子と曰し、其の二を磯城皇子と曰し、其の三を泊瀬部皇女と曰し、其の四を託基皇女と曰す。

このように、年月の後、干支によって日にちを表す形である。原則として、時系列で記録されている。

各天皇の紀には、即位前の記事が見られることもある。たとえば持統天皇の場合、夫天武の葬儀の期間が長く、その間称制（即位せずに政治を執ること）だったからである。しかし、右が即位当初の記事の基本的なパターンである。

新年に、天皇が臣下の拝賀を受け、それに応じて宴を設けるのは律令（儀制令）にも定められた制度である。天武紀がこの記事から始まるのは、たまたま即位が二月だったからである。

「二月丁巳」の記事はA～Dの四つの段落に分けられるが、Aは天武天皇が高御座（58頁の写真。平城宮跡に復元された大極殿に置かれたレプリカ）を設け、飛鳥浄御原宮《あすかきよみはらのみや》（奈良県高市郡明日香村大字岡）で即位したということと、その時「正妃」を皇后としたが、その人が草壁皇子を生んだということを伝えている。それは鸕野讃良皇女《うののさららのひめみこ》で、天武の死後、即位して持統天皇となった人である。鸕野は天智天皇の娘。天武の妃の中ではもっとも血筋が尊かった。

続くBは、その次に血筋のよい「妃」たち。大田・大江・新田部も、ともに天智の皇女だが、母親の身分や年齢などによって順位がつけられている。大田は皇后の姉だが、早死にしてしまったことで、皇后になれなかった。

Cは「夫人《ぶにん》」である。後宮職員令の規定では、「妃」は二人で四品（品は皇族の階層）以上、「夫人」は三人で三位以上とされている。すなわち、「妃」は皇族。「夫人」は臣下の出身である。氷上娘と五

令和元年（2019）11月、現徳仁天皇も即位の礼の際に、高御座《たかみくら》に立って即位を宣明した。



百重娘は、内大臣だった藤原鎌足の娘。大蕤娘は蘇我赤兄の娘。いずれも中央の有力豪族の出だが、鎌足の娘が先なのは、赤兄との身分差による。

Dは地方豪族の娘である。

天皇、初め鏡王の女額田姫王《ぬかたのおほきみ》を娶り、十市皇《とをちのひめ》女《みこ》を生む。

という記事は、『万葉集』を代表する女流歌人である額田王に関する唯一の伝記資料として知られる。「姫王」という称号は、七世紀にのみ見られる。八世紀の律令制以前の制である。皇女は天皇の娘を言うが、「姫王」は天皇の二世（孫）から五世の称号。額田の場合、父親も「王」なので、三世より遠い血筋になる。天武が最初に娶った女性だとあるが、地方豪族の娘の位置に置かれているのは、四世か五世だったからではないかと考えられる（梶川信行『創られた万葉の歌人　額田王』塙書房・二〇〇〇）。

胸形君は、北九州を地盤とした宗像氏という大豪族。現在、「『神宿る島』宗像・沖ノ島と関連遺跡群」がユネスコの世界遺産に指定されている。それは宗像大社（福岡県宗像市田島）とその周辺の古墳群などで構成されていて、往時の宗像氏の勢力の大きさを偲ばせる。また宍人臣は、鳥獣の肉を調理する穴人部を管掌した豪族だが、宗像氏に比べると力がなかったのであろう。

このように、妃と子どもたちの序列を明確にすることが、もっとも重要な記録と見られていたのであろう。それは『古事記』において系譜が根幹とされていたのと同じである。

## 4

天武紀下の中には、どのようなことが伝えられていたのか。それを『日本書紀③〈新編日本古典文学全集〉』（小学館・一九九八）の目次によって一覧しておく。

一　天皇の即位と皇子女、各国賀騰極使の来朝
二　律令国家を志向し、旧弊の諸制を改革
三　新政の推進と神仏崇信
四　十市皇女の急死
五　吉野の盟約
六　皇后不予のため薬師寺を創建、病平癒
七　律令の撰定と帝紀・上古諸事の記定

八　服装の禁令と僧綱制などの整備

九　僧綱制等の整備

十　軍事的進止と威儀の高揚、八色の制の制定

十一　爵位・服制等諸制の改定

十二　天皇の不予と朱鳥改元、崩御

このように、さまざまな改革を推進したことが伝えられるが、「律令の撰定」と「八色の制の制定」は、高校の日本史の教科書にも載っている。しかし、この中でとりわけ重要なのは、「吉野の盟約」である。それは天武天皇八年（六七九）のことであった。

五月の庚辰《かのえたつ》の朔にして甲申《きのえさる》（五日）、吉野宮に幸す。

乙酉《きのととり》（六日）、天皇、皇后と草壁皇子尊・大津皇子・高市皇子・河嶋皇子・忍壁《をさかべ》皇子・芝基《しき》皇子に詔して曰はく、

「朕《われ》、今日、汝等と倶《とも》に庭に盟ひて、千歳の後に、事無からしめむと欲す。奈之何《いかん》」とのたまふ。

皇子等、共に対へて曰はく、

「理実《ことわり》、灼然なり」とまをす。

則ち草壁皇子尊、先づ進みて盟《ちか》ひて曰さく、

「天神地祇と天皇、証《あきら》めたまへ。吾、兄弟長幼、并せて十余王、各異腹より出でたり。然れども同じきと異れると別かず、倶に天皇の勅に随《まにま》に、相扶けて忤《さか》ふること無けむ。若し今より以後、此

奈良県吉野郡吉野町の宮滝遺跡。最近の発掘調査でも、建物の配置や構造が明らかにされている。

の盟の如くにあらずは、身命亡び、子孫絶えむ。忘れじ、失たじ」とまをす。

五皇子、次を以ちて相盟ふこと、先の如し。然して後、天皇の曰はく、

「朕が男等、各異腹にして生れたり。然れども一母同産の如く慈まむ」とのたまふ。

則ち襟を披《ひら》き其の六皇子を抱きたまふ。因りて盟ひて曰はく、

「若し茲の盟に違はば、忽ちに朕が身を亡はむ」とのたまふ。

皇后の盟ひたまふこと、また天皇の如し。

丙戌《ひのえいぬ》（七日）、車駕宮に還りたまふ。

吉野宮（奈良県吉野郡吉野町宮滝）は、飛鳥浄御原宮の東南二〇キロほどに位置する。標高五〇〇メートルほどの芋ケ峠を越えて一日の行程だったと見られる。吉野川上流の山の中。狭い盆地に築かれた離宮である。ここについては現在も断続的に発掘調査が行われており、その範

囲と構造が具体的にわかりつつある（61頁の写真）。

ややや芝居がかったこの盟約は、天武が後継者を指名し、それを遵守することを皇子たちに誓わせている。それによって、壬申の乱のような皇位継承の争いが、二度と起きないようにということで行なわれた。もちろん、皇后の子であり、一人だけ皇子尊《みこのみこと》と呼ばれた草壁が真っ先に誓ったのは、彼が後継者だということである。しかし、病弱だったためか、即位できずに早世している。

とは言え、天武から草壁へという皇統が正統なものだということを、『日本書紀』が明記していることは重要であろう。その成立は元正天皇（七一五〜七二四在位）の治世だったが、草壁直系の孫の首皇子《おびとのみこ》の即位が視野に入って来ていた時期だからである。首皇子はすでに二十歳。『続日本紀』によると、その翌年五月には、帝王学を授けるためであろうが、当時の名立たる学者・文化人たちがその側近に集められている。その中には万葉歌人として知られる山上憶良もいた。そして、神亀元年（七二四）二月、首は即位している。聖武天皇である。

## 5

天武紀の最後は、当然死亡記事である。それは次のように伝えられている。朱鳥元年（六八六）九月のことであった。

九月の戊戌《つちのえいぬ》の朔の辛丑《かのとうし》（四日）に、親王より以下、諸臣に逮《いた》るまでに、悉《ことごとく》に川原寺に集ひて、天皇の病のために、誓願《こひねが》ふ云々。

丙午《ひのえうま》（九日）、天皇の病、遂に差《い》えずして、正宮に崩《かむあが》りましぬ。
戊申《つちのえさる》（十一日）、始めて発哭《みね》たてまつる。則ち殯宮《もがりのみや》を南庭に起つ。
辛酉《かのととり》（二十四日）、南庭に殯し、即ち発哀たてまつる。是の時に当りて、大津皇子、皇太子を謀反《みかどかたぶ》けむとす。

九月に入り、天皇は危篤状態になる。飛鳥の川原寺（奈良県高市郡明日香村川原）で、その快復を祈願する大規模な法要が営まれた。しかし、その甲斐もなく、九日、天皇は崩御する。二日後、南庭に殯宮が建てられた。埋葬するまでの間、遺体を一時そこに安置し、さまざまな儀礼を行なうのだ。

その基本は、招魂と鎮魂である。「発哭」は声をあげて泣くこと。『古事記』（中巻）の倭建命《やまとたけるのみこと》の伝承でも、八《や》尋《ひろ》白《しろ》智鳥《ちどり》（魂の姿）となった倭建命を、后と皇子たちが泣きながら追いかけて行く様子が伝えられている。招魂の儀礼の説話化であろう。天武天皇の葬儀は二年以上に及んだが、以下、その様子が詳しく伝えられている。

ここで特筆すべきは、大津皇子の謀反が伝えられていることである。大津は大田皇女の子。母は早死にしてしまったが、草壁の母鸕野と同様、天智天皇の娘である。皇位継承の資格者として、草壁に引けを取らない。しかも、大津については、『懐風藻』の伝記に、

皇子は、浄御原帝の長子なり。状貌魁悟、器宇峻遠なり。幼年にして学を好み、博覧にして能く文を属る。云々

と、身体が大きく、器量も優れ、幼い頃から学問を好んで、博学だったことが伝えられている。自分

の息子草壁の即位を願う持統天皇にとって、もっとも気がかりな存在だった。

　この事件に関しては、『万葉集』（巻二・一〇五～一〇六）にも伝えるところがあるが、密かに伊勢神宮に下ったとされている。伊勢は天皇だけの神である。そこに勝手に参拝することは、謀反にあたった（第三日参照）。したがって、大津は死を賜った。『万葉集』には、その年の十月の作として、辞世の歌（巻三・四一六）も載せられている（第十日参照）。時に二十四歳だった。

　ともあれ、大津を謀反の罪で葬り去ったことが明記されている。草壁は早世してしまったが、持統の後、その子の文武天皇（六九七～七〇七在位）が位を継いでいる。その文武も早死にしたが、元明・元正という中継ぎの女帝を経て、文武の子の聖武がまさに即位しようとしていた。『日本書紀』は、天武直系の聖武の即位が正統なものであるということを伝えているのだ。

　『書紀』には「系図一巻」のあったことが伝えられている（第一日参照）が、散逸してしまったその系図は、聖武が正統な後継者であるということを明確に示す形であったに違いあるまい。

## 系図が結論である

『古事記』は紀伝体、『日本書紀』は編年体と、スタイルは異なりますが、天皇が天照大神からの系譜に繋がる存在であるということを伝えている点は同じです。天皇が天皇であることの最大の根拠は、そうした系譜なのです。掲示板の感想には、「系譜が大事なのだということがわかった」と書いていた学生が多かったので、安心しました。

『古事記』が完成し、天皇に献上されたということは、その序文に見られますが、『日本書紀』の場合は、他の文献の記述によって裏づけられます。それは『続日本紀』の養老四年（七二〇）五月条で、

> 一品舎人親王、勅を奉けたまはりて日本紀を修む。是に至りて功成りて奏上ぐ。紀卅巻系図一巻なり。

と書かれています。残念なことに、「系図一巻」は失われてしまい、現在見ることができません。しかし、ここに確かに系図があったと記されていることは、とても重要です。すなわち、編年体で語られた神代からの歴史を系図に集約していると考えられるからです。

おそらく、系図は単なる付録ではないでしょう。むしろ、編年体の歴史が本論で、系図はその結論と言ってもいいように思われます。

## 『古事記』はファンタジー？　『日本書紀』は歴史？

『日本書紀』の記述は考古学的な調査で裏づけられることが多いと述べました。とりわけ七世紀については、確かな事実が記されていると言いましたが、これは○か×かという問題ではありません。

『古事記』の上巻は神代の話であり、その神話はファンタジーのようなものだとも見られますが、それはまったく信用できないものなのかと言えば、そうとも言えません。神話の裏側には、何ほどかの真実が隠されているものなのです。現在を正当化するために過去が捏造されていると言いましたが、そうだとすれば、語られた過去は現在の鏡だということになります。つまり『古事記』は、七世紀末頃の王権がどのようなものであったかということを、神代の世界などを語ることを通して教えてくれているのです。

その点は『日本書紀』も同じです。神代からの歴史を延々と語ることを通して、現在の王権の立場を明らかにしているのです。一見ファンタジーにしか見えない伝承の中

にも、何らかの事実が隠されていると見るべきでしょう。

## 漢風諡号とは

初代の神武天皇を『古事記』は「神倭伊波礼毘古命」と呼んでいます。また『日本書紀』は、「神日本磐余彦天皇」と表記しています。いずれも、カムヤマトイハレビコと訓みますが、神武という漢風諡号《かんぷうしごう》に対して、これを和《わ》風諡号《ふうしごう》と言います。しかし、いずれの書物にも漢風諡号は出て来ません。『古事記』も『日本書紀』も、一貫して和風諡号を使用しています。

漢風諡号は、天平宝字年間（七五七〜七六四）に、淡海三《おうみのみ》船《ふね》という人物によって、聖武天皇以前の天皇の諡号が一括してつけられ、献上されたと考えられています。したがって、その天皇が生きていた時代に天武天皇、持統天皇などと呼ばれていたわけではありません。しかし、和風諡号は長いので、学術論文などでも、漢風諡号を用いることが一般的です。この授業でも、天武天皇、持統天皇などと便宜的な使い方をしています。

明治になり、一世一元の制になった後は、明治天皇、大正天皇、昭和天皇と、その時代の元号が諡《おくりな》になっていますが、長い歴史を見ると、一代の天皇の間に何度も元号が変わるのが普通でした。明治以後の形はむしろ例外的です。

因みに、現在の上皇は亡くなった時に、平成天皇と諡されるものと予想されますが、現在は存命なので、平成天皇とは言いません。現在の徳仁《なるひと》天皇も、皇室が存続する限り、死後は令和天皇と諡されるものと思われます。

また、諡されるのは、葬儀が終わり、陵墓に葬られた時なので、崩御してから埋葬するまでの間は、中途半端な形になります。昭和が終わった日（一九八九年一月七日）、テレビのニュースで「大行天皇《たいこうてんのう》」と報じられていたのを聞いて、私の家人は「えっ、昭和天皇じゃないんだ」と驚いていました。しかし、それは諡がつけられるまでの仮の呼称です。『万葉集』巻一の題詞（七一・七四）にその例がありますが、それは『広辞苑』にも出ています。

昭和天皇が亡くなった時、突然『万葉集』の時代と同じ呼称が登場したことに、私はとても感慨深いものがありました。また、同時に不思議な気もしました。

第五日

# 『万葉集』——伝承歌の位置づけ

## 1

高等学校の国語の教科書の「和歌」等の単元では、『万葉集』は四期区分説を基にして教えられることが多い。それは、澤瀉久孝・森本治吉編『作者類別年代順 萬葉集』（芸林社・一九三二）が提唱したものだが、

第一期　～壬申の乱（六七二）
第二期　壬申の乱～平城京遷都（七一〇）
第三期　平城京遷都～天平五年（七三三）
第四期　天平五年～天平宝字三年（七五九）

という時代区分である。それに対して、伝承歌の世界を歴史の中に実体化し、第一期の前に「黎明期」を置く立場もあった（高木市之助ほか『萬葉集〈日本古典文学大系〉』岩波書店・一九五七）。

『万葉集』は、収録された四五〇〇首余りの歌々を、三大部立てとされる「雑歌《ぞうか》」「相聞《そうもん》」「挽歌」

など、さまざまな形で分類している。『作者類別年代順萬葉集』は、それを解体し、作歌年次に従って並べ直し、区分したものである。明治・大正の時代の『万葉集』は、歌人たちの印象批評に基づく作品鑑賞が研究でもあったが、第二次世界大戦後、歴史の中に歌を置いて理解することが新たな研究方法として広がったこともあって、以後通説とされ、多くの研究者がそれに従って来た。しかし私は、九十年ほど前のこの説は、現在ではもう成り立たないと考えている。

そもそも、この時代区分は必ずしも、『万葉集』という歌集自体が体現している歴史認識に基づくものではない。歌風の変化などによる区分でもない。壬申の乱（第三日参照）、平城京遷都といった政治史的な出来事に基づき、機械的に区分したものにほかならない。

また、第三期と第四期の境目は、第三期を代表する大伴旅人が天平三年（七三一）に薨じ、山上憶良が天平五年に没したと見られることに基づく。笠金村・山部赤人といった聖武朝の「宮廷歌人」と見做される人たちの活動も、『万葉集』による限り、概ね天平五年頃で終息している。一方、第四期を代表する大伴家持の歌が、そのあたりから見られるようになる。したがって、天平五年あたりで世代交代が起きていると見ることができる。

壬申の乱は確かに大きな時代の節目だった。実際、養老四年（七二〇）に成立した『日本書紀』は、たった一か月ほどの内乱だった壬申の乱に一巻を割いている（第四日参照）。しかし、『万葉集』は壬申の乱を時代区分の節目とはしていない。それよりも問題なのは、約四五〇〇首すべての作歌年代は間違いのないものなのか否か、という点である。

この講義では、いろいろと疑義があり、すでに過去のものとなったと考えられる四期区分説は取らない。また、伝承歌を「黎明期」の姿と見ることもしない。『作者類別 年代順 萬葉集』とは異なる七、八世紀の歌の歴史を考えなければならない。

## 2

『万葉集』巻一の巻頭には、雄略天皇御製が載せられている。それは一般に伝承歌と見られているが、その構成については、さまざまな捉え方がある。しかし、私は次のような形だと考えている。

天皇の御製歌

A籠《こ》もよ　み籠持ち
掘串《ふくし》もよ　み掘串持ち
この岳《をか》に　菜摘ます児《こ》
家告《の》らせ　名告らさね
Bそらみつ　倭《やまと》の国は
押しなべて　吾こそ居《を》れ
しきなべて　吾こそ座《ま》せ
我こそは　告らめ　家をも名をも
（巻一・一）

右は、冒頭から3音・4音・5音・6音……という形である。それは、5・7音がくり返される定型が確立する前の古い姿だと考えられている。結びの5・3・7という形も、初期の歌謡の特徴的な姿だとされる。

雄略は五世紀に実在した「大王」である。稲荷山古墳（埼玉県行田市埼玉）や江田船山古墳（熊本県玉名郡和水町江田）から出土した剣の銘などによって、関東や九州にまでその支配が及んだことが知られる。倭の五王の一人「武」（『宋書』倭国伝）にも擬せられている。右は、そうした古代を代表する「天皇」の結婚に関わり、繁栄と豊穣を予祝するめでたい歌である。だからこそ、『万葉集』の巻頭に置かれたのだと言われている。

今「天皇」としたのは、あくまでも便宜的な呼び方である。現在では、「天皇」とは天武天皇によって使い始められた称号だとするのが通説である。つまり、題詞の「天皇の御製歌」は、五世紀に書かれたものではない。『万葉集』が形成された七世紀末から八世紀に記されたものだと見なければならない。それ以前は「大王」と表記され、オホキミと呼ばれていたものを、その時代なりの現在の常識に合わせて、「天皇」としたのである。

冒頭から「名告らさね」までの前半部Aと、「そらみつ」以下の後半部Bとでは、歌の主体（天皇の立場でこの歌謡をうたって聞かせた人）の態度が大きく異なっている。「み籠」「み掘串」のミは美称であり、相手の持ち物を褒めている。また、「菜摘ます」「告らせ」「告らさね」の傍線部は、いずれも尊敬の助動詞「す」が活用した形である。すなわち、「児」と呼ばれた娘に対して、前半では敬語を使い、親しみを込めて穏やかに呼びかけているのに対して、「そらみつ」以下は尊大な大王の姿を顕わにしている。

とりわけ「吾こそ座せ」は自敬表現であって、「オレ様」のような言い方にあたる。

とは言え、自敬表現は大王の尊大さを伝えるものではあるまい。むしろ、それが伝承歌であることを示していよう。自敬表現は、「天皇」の名において公表される詔にも見られるが、それは決して天皇自身が書いたものではない。ゴーストライターがいたのだ。つまり、天皇に対する語り手の敬意が、そこに示されているのである。それにしても、前半と後半とで、これほどまでに大きく態度が異なっているのは、どうしてなのか。

古代の日本において、「家」（家柄）を聞き、「名」を聞くことは、求婚を意味していた。その時求められるものは、紫式部や清少納言のような通称名ではない。「母が呼ぶ名」（巻十二・三一〇二）、すなわち本名である。本名はその人の魂そのものを表しているから、それを他人に教えることは、自分の魂を相手に委ねることにほかならない。もちろん、それは自分の存在そのものを相手に委ねてしまうことを意味している。したがって、娘が男に「家」を教え、「名」を明らかにすることは、求婚に応じることを意味したのである。

「天皇」が娘に「家」と「名」を聞いた時、娘はすぐに応じなかったのであろう。その姿を見れば高貴な人であることは明白だが、男の正体がわからないからである。素性を明らかにしないうちは求婚に応じないという話は、記紀にも例がある。また『古事記』の雄略には、求婚を拒否された話も見られる。この時も、娘は拒否の動作を示したに違いあるまい。態度の豹変はその結果であろう。だからこそ「天皇」は、有無を言わさず、求婚に応じさせるため、自ら名乗ろうとしたのである。

このように、この歌は主人公の「天皇」ばかりでなく、その相手役の娘がいなければ成り立たないものである。これはやはり伝承歌であって、本来、演劇的な所作を伴った口誦の歌謡であったと考えられる。

　ところで、「そらみつ」は一般に枕詞だと言われている。しかし、それは単に「倭」を導き出すためだけの表現ではない。『日本書紀』神武天皇三十一年四月条に、饒速日命《にぎはやひのみこと》という神に関わる伝承がある。自分の住むべき国を求めて天の磐船に乗り、大空を行き廻って、上空から倭を見下ろし、そこに降臨したのだと言う（大阪府交野市私市に鎮座する磐船神社のご神体とされる巨岩がその磐船であると言われる）。そこで「そらみつ日本《やまと》の国」と言うようになったと伝えられるが、『先代旧事本紀』という文献には、饒速日命に関するより詳しい記事も見られる。すなわち、それは神に選ばれた土地だとする伝承に基づき、「やまと」という地を讃美する表現なのだ。このように、古層の枕詞はその背後に神々に関わる伝承を持っていたと考えられる。

　5・3・7音という結びの型式で、作歌年代が確実なものは、天智天皇（六二六〜六七一）が活躍した時代のものしかない。その用例がすべて実年代に還元できるかどうかは微妙だが、七世紀後半の型式で五世紀の「天皇」の事績を伝えていることになる。むしろ、実年代を表すものではなく、古い時代の歌謡だということを示す記号のようなものだと言った方がよい。すなわち、それは古い歌謡なのではなく、「天皇」の時代に記された古そうな歌なのだ。

## 3

『万葉集』巻一は次に、舒明天皇（六二九〜六四一在位）の歌を載せている。五世紀の「天皇」だった雄略の後、十二代の空白がある。しかし、舒明もまだ「天皇」ではなく、「大王」だった。とは言え、以下『万葉集』の原文通りに「天皇」としておく。

　天皇の香具山に登りて望国したまふ時の御製歌

A大和には　群山《むらやま》あれど
　とりよろふ　天の香具山
　登り立ち　国見をすれば
B国原は　煙立ち立つ
　海原は　かまめ立ち立つ
Cうまし国そ　あきつ島　大和の国は　（巻一・二）

奈良盆地の南部に、「大和三山」と呼ばれる山々がある。北に耳成山《みみなしやま》、西に畝傍山《うねびやま》、東に香具山（写真は、藤原宮跡から見た香具山）が三角形に並んでいる。いずれも標高百メートル台の低い山だが、どの山も平野のまん中にぽっかりと浮かんだ島のように見える。「天の」と冠されるのは香具山だけだが、天上から落ちて来た山だとする伝承を持つ（『伊予国風土記』逸文）ことによる。

右は、大和にはたくさんの山があるということからうたい出されるが、「とりよろふ」の語義については諸説がある。「群山あれど」と逆接なので、たくさんの中から特に選ばれた優れた山だということを言うのであろう。とり装うことだとする説もあるが、「とり」は神霊に関わる語の接頭語に例が多い。また「よろふ」は、寄るに反復・継続を表わす語尾のフがついた形。ウツル・ウツロフ、ノル・ノロフなどと同じである。神霊が寄り憑いてにぎわい続けている、というニュアンスであろう。だからこそ、天皇がそこに登って、国見をするに値する山なのだ。

「海原」についても説が分かれていて、古くは香具山周辺にかつて存在した池のことだとする注釈書もあった。しかし、この歌の表現は、そんなに即物的なものではあるまい。国見（望国）という儀礼は、統治する国土を確認する意味を持つ。したがって、聖なる山で国見をする天皇の視野には、国土の全体と、その国土を取り巻く海原が入っていなければならない。それは、文字通りの海原であろう。

『古事記』（上巻）に「三貴子の分治」と呼ばれる神話がある。天照大神が高天原《たかあまのはら》という天上の世界を治め、夜は月読命《つくよみのみこと》という神が治め、海原は速須佐之男命《はやすさのをのみこと》が治めると語られている。そして、天照の子孫がこの葦原中国《あしはらのなかつくに》に降臨し、やがて天皇となったとされる。この神話によれば、天皇の治める国は、神々の世界の下にある「国原」と「海原」によって構成されていたことになる。つまり、右の「国原は」「海原は」という対句は、天皇の治める国のすべてを表わしているのだ。

「煙」についても異説があるが、それは竈の煙であり、「国原」が豊かなことの象徴であろう。またカモメが立つのは、水面下に魚群がいるからであって、それは豊かな漁場としての海であることを示している。したがって、「国原は　煙立ち立つ　海原は　かまめ立ち立つ」という四句で、天皇の治める国がすべて豊かだということを宣言していることになる。だからこそ、「うまし国そ　あきつ島　大和の国は」（すばらしい国だ、豊穣な島、この大和の国は、の意）と称えられ、一首が結ばれるのだ。もちろん、香具山という特別な山で行なわれる国見だからこそ、国土のすべてが視野に入り、その豊かさも保障されるのであろう。

このように、右は凝縮された表現によって、天皇の支配する国土の全体を過不足なく称えた一首である。天皇の結婚に関わる雄略天皇の歌に続き、舒明天皇の歌は支配するこの国の豊かさをうたっている。

和銅五年（七一二）に撰録された『古事記』は、推古天皇（五九二〜六二八在位）で終わっている。奈良時代から見た〈古事〉とは、その時代までということだが、舒明は推古の次に立った天皇である。すなわち、奈良時代から見た〈近代〉の歌の歴史は、この一首から始まると考えてよい。

その型式に注目してみると、「天の香具山」という地名が提示されて、そこで天皇の行為が示される（A）。すると、理想的な国土の姿が立ち上がって来る（B）。そこで、「うまし国そ」と「大和の国」が称えられる（C）。これは、

〈地名の提示〉＋〈叙景〉――（尻取り式転換）→〈本旨〉

といった古代歌謡の基本的な発想様式（土橋寛『古代歌謡論』三一書房・一九六〇）を踏まえたものである。尻取り式転換が欠けている点からすれば、それを簡略化した形であるとも考えられる。つまり、そうした伝統的な型式によって国土を称えているのだ。それは一回的な創作歌ではなく、天皇の国見という儀礼において、繰り返しうたわれたものだったと見てよいだろう。

### 4

その次に載せられているのは、天皇の狩猟に関する歌だが、この「天皇」も舒明である。

天皇の宇智の野に遊獦《みかり》したまひし時、中皇命《なかつすめらみこと》の間人連老《はしひとのむらじおゆ》をして献らしめたまへる歌

やすみしし　我が大王《おほきみ》の
朝《あした》には　取り撫で賜ひ
夕《ゆふへ》には　い寄り立たしし
み執《と》らしの　梓の弓の
中弭《なかはず》の　音すなり
朝獦《あさかり》に　今立たすらし
暮獦《ゆふかり》に　今立たすらし
み執らしの　梓の弓の
中弭の　音すなり
（巻一・三）

「やすみしし」から四行目の「梓の」までは、すべて「弓」の修飾語である。アズサは弓の材として良質のものとされるが、それにも増して、この世界をあまねく支配されている天皇が、朝にも夕にも身辺に置いて、大切にしている弓だと言うことが重要である。それはまさに最高の弓にほかならない。その弓の「中弭の音」は、鳴弦のことだと見るのが通説である。『源氏物語』（夕顔）にも見られるが、弓の弦を空撃ちして、音を立てることである。一般的には魔よけの呪術だが、この場合は、狩猟の場における安全と豊猟を祈念するための行為だとされる。最高の弓による鳴弦であると言挙げされることで、最高の結果が期待されているのだ。

「朝猟に　今立たすらし　暮猟に　今立たすらし」とは、特定の時間を表わしているわけではない。いつの狩りにでも使用可能な歌だったと見ることができる。天皇の狩りの際の呪術的な歌として、うたい継がれて来たものだったのであろう。二度目の「み執らしの　梓の弓の」は、呪術的な詞章の効果を高めるための繰り返しであろう。「み執らしの」と言えば、「やすみしし　我が大王の」以下、最高の弓であることを示すフレーズが暗黙のうちに含まれている。あるいは、実際に声で唱えられた時には「やすみしし」から繰り返されたが、文字で記録する際に、自明の部分は省略されたのだと考えた方がいいのかも知れない。

宇智野は、大和国宇智郡の野。現在の奈良県五條市である。都の置かれた飛鳥の南西一七、八キロ。金剛山南麓の見晴らしのよい傾斜地である（77頁の写真）。旧暦五月五日に行なわれた薬猟《くすりがり》という行事の時の歌であった可能性が高い。

中皇命と呼ばれる人物については諸説があるが、間人皇女《はしひとのひめみこ》と見るべきであろう。舒明天皇の皇女である。古代において、皇子・皇女は乳母の里で養育されたが、間人と称されるのは、間人氏に養育されたことに基づく通称名だったと考えられる。本来、この皇女が呪術的な歌を披露すべき立場だったが、舒明朝にはまだ少女だったと推定される。そこで、皇女を養育した一族の者で、伝統的な詞章に通じていた間人連老が、代わりに歌を献上したとする説が妥当であろう。

なお、この歌には反歌が付されている。

たまきはる　宇智の大野に　馬並めて
朝踏ますらむ
その草深野　　（巻一・四）

という一首である。伝統的な詞章と見られる長歌に対して、この反歌には場所（宇智の大野）と季節（草

**文学史のイメージ**

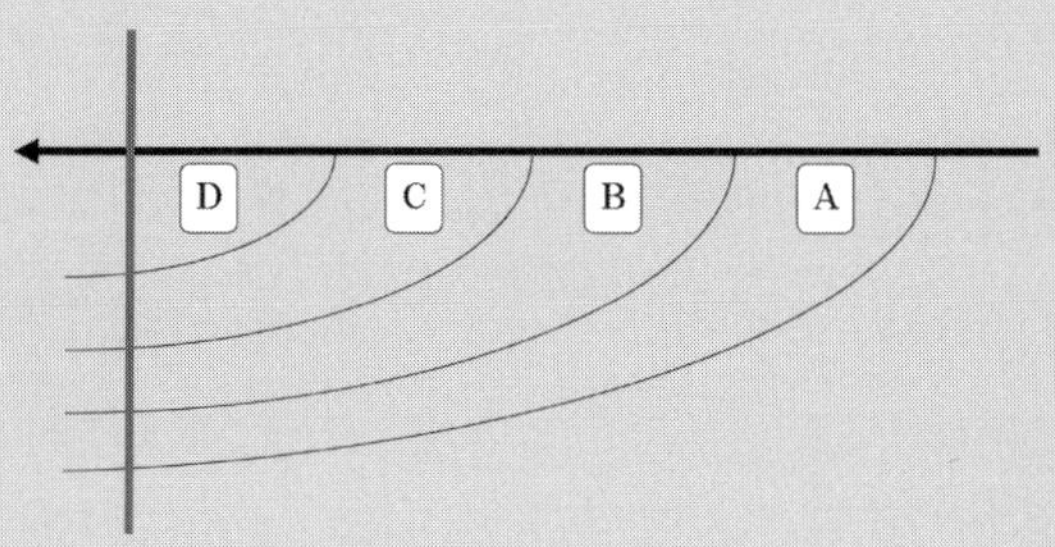


一般的に言って、新しいものが生まれても、古くなったものが、それと交替するように消えてしまうわけではない。**通時的な断面図（横）と共時的な断面図（縦）は相似形である。**

深野）と時間（朝）が示されている。それは一回的なものだったと見てよい。

長歌は、出発の際の鳴弦を「音すなり」と、実際に聞いている歌だが、反歌はそうではない。「らむ」は現在の推量。この歌の作者は飛鳥にいて、遠い宇智野で繰り広げられている天皇の狩りの様子を想像しているのだ。

こうして、この歌も天皇を称える働きを持っていたと見てよい。しかし、長歌は作歌時を特定できるものではない。天皇の狩りの際に、長くうたい継がれて来たものだったと見るべきであろう。

## 5

上代文学には総じて、声から文字へという流れがある（第一日参照）。しかし、だからと言って、必ずしも声の歌が古く、文字の歌が新しいというわけではない。文字の歌が創作される一方で、依然として、古い時代の様子を伝える歌謡が語り伝えられていたと考えた方がよい。あるいは、国見のような天皇の儀礼では伝統が重んじられ、古くから受け継がれて来た詞章が繰り返し謡われていたとも考えられる（→補助教材「文学史のイメージ」）。

今回取り上げた雄略天皇と舒明天皇の御製は、『万葉集』では特定の時代の作として位置づけられているが、それらはその時代に作られ、その時代だけに謳われたものではなかったと考えられる。伝承歌とは、時代を超えるものである。だからこそ、それらを黎明期や第一期の姿と見ることはできないのだ。

## 枕詞について

枕詞についてやや詳しく話しましたが、高校で習ったこととまったく違うということに驚いた学生が多かったようです。高校では、枕詞は決まった語を導き出し、語調を整えるものなので、口語訳しなくてよいと習ったのではないでしょうか。

「国語総合」の教科書の中でも、「特に訳す必要はない」（『新編国語総合』東京書籍）「特定の語を導き出す」（『精選国語総合』東京書籍）「韻律を整えるために使用されたと考えられる。（中略）通常口語訳しない」（『精選国語総合』三省堂）「ある特定の語を導くための前置きとして用いられる語を枕詞という」（『新編国語総合』教育出版）などと説明されていました。

しかし、そうだとすると、三十一音しかない短歌なのに、五音を無駄にすることになってしまいます。当然、そんなことはないと考えるべきでしょう。高校で教えられている枕詞の理解は、賀茂真淵（一六九七～一七六九）の『冠辞考』の説明に基づいたものです。宝暦七年（一七五七）に刊行された本です。枕詞についても、戦後の研究の中で理解が深められていますが、国語の教科書にはそうした研究成果が反映されていません。

そもそも、『万葉集』のどこを探しても、「枕詞」という用語は見当たりません。それは鎌倉時代から一般化した用語です。しかし、『万葉集』には後世に「枕詞」と呼ばれるようになった表現がたくさんあります。何を「枕詞」と認めるかという点については、意見の分かれるものもありますから、正確な数は言えませんが、約四〇〇種類、一七〇〇例ほどと考えられます。それに対して、『古今和歌集』には五二種類一二九例しかありません。約四五〇〇首と一一〇〇首という総歌数の違いを考慮しても、それは平安時代になって激減したと考えられます。

授業では「そらみつ大和」という表現を取り上げましたが、このように地名に懸かる「枕詞」は古層に属するものだと考えられています。それに対して、「あしひきの山」とか「たらちねの母」とか、普通名詞を導き出す「枕詞」は、やや性格を異にしています。しかし、いずれにしても、いつ誰が使い出したものなのか、まったくわかりません。古くから口承の世界で受け継がれて来た伝統的表現ということです。

奈良時代の終わり頃、宝亀三年（七七二）に、藤原浜成（七二四～七九〇）という人が『歌経標式』という、我が国最初の歌論書を書き上げました。そこで浜成は、枕詞の類を「古事」と呼んでいます。つまり、昔から言い慣わされて来た表現ということでしょう。決まった語を導き出す言葉という面ではなく、その伝統性に着目している点で、「枕詞」という用語よりも優れた見方でしょう。

「令和」の命名者中西進氏は、それを「連合詞」と名づけました。しかし、この用語は学界でまったく支持されていません。「枕詞」とそれが導き出す語（「被枕」と言う人もいます）という理解からは、一歩進んだものと言えますが、一つの表現だということを意味するだけで、その本質を表わす用語にはなっていないからかも知れません。

私はかつて、それを《古事》と名づけました。『歌経標式』の「古事」と区別するために、あえて《古事》としました。『歌経標式』では、「そらみつ」だけが「古事」になりますが、私は「そらみつ大和」で《古事》と考えています。「連合詞」の考え方を一歩進め、その機能を明確にしたつもりですが、私の考え方も学界で一般化するには至っていません。

《古事》とは『古事記』の「古事」と同じ意味です。それは由緒ある伝承であり、物事の来歴を伝えるものです。「そらみつ大和」の場合は、饒速日命《にぎはやひのみこと》という物部氏の祖先神が、天の磐船に乗って大空から降臨したという伝承に基づく表現です。その土地の人々には、「そらみつ大和」と聞けば、頭の中に饒速日命の伝承のすべてが蘇るのです。つまり、《古事》とは記憶の再生装置としての機能を持っていたと考えられます。

饒速日命が降臨した地は、現在の大阪府交野市私市。天野川（淀川の支流）という小さな川の上に、船の舳先の形をした巨岩がありますが、それが磐船だと言われ、それを御神体として、磐船神社が鎮座しています。現在ではほとんど人は訪れませんが、「そらみつ大和」という表現の意味を知る上では、由緒ある重要な場所です。

しかし、古層の枕詞は一般に奈良の地名に冠するものなので、平安京に遷都されると、あまり縁のない土地になります。それによって、その土地に関する共通の記憶を持ち得なくなったのです。普通名詞を導く枕詞は多少受け継がれましたが、何度も使っているとマンネリ化するからでしょうが、やがて使われなくなりました。

# 第六日

# 『万葉集』——初期万葉の世界

## 1

『万葉集』には、七、八世紀の歌々が収められているが、その歴史は通常、四期に分けられる（第五日参照）。その第一期は、舒明天皇の時代（六二九～六四二）から壬申の乱（六七二）まで。それはかつて、集団的な口誦の歌の世界の中から、個の抒情としての歌が誕生した時代だとされて来た。

一方、昭和二十年代には「初期万葉」という用語が生まれ、四期区分説の第一期を指すようになった。第一期という言い方が機械的な区分名であるのに対して、それはまさに〈万葉風の初期の時代〉という歴史的位置づけを担っている。通説としての四期区分の一方で、「初期万葉」という用語が定着して行ったのは、一つにはそうした理由による。

ところが、その後の研究史の中で、「初期万葉」という用語の理解に、二つの立場が現れるようになった。一つは、第一期に相当するという従前の立場だが、もう一つは、柿本人麻呂が登場するまでという見方である。壬申の乱から人麻呂の登場までは少し時間がある。天武天皇の時代（六七二〜六八六）とほぼ重なるが、それを含めて「初期万葉」と言うべきだとする立場である。

古代の歌の歴史の中で、人麻呂の果たした役割は大きい。人麻呂以前とそれ以後とでは、その風景が大きく異なっている。かつて、「人麻呂峠」という比喩的な用語によって、その文学史の境目の意義を見事に摘出した研究者もいた（神田秀夫「人麻呂峠」『国語国文』一九六三）が、確かに、『万葉集』に拠る限り、抒情詩の曙の時代と個性の花開いた時代が、人麻呂を分水嶺としてきれいに分かれているように見える。また、壬申の乱・平城遷都といった歴史的な事件によって時代を区分するのではなく、歌自体のあり方を前提に時代区分を考えようとしている点でも、万葉の歴史を人麻呂によって二分する説は、十分な説得力を持っている。

## 2

とは言え、そうした説の中にも問題点が隠されている。それは、『万葉集』という歌集自体が抱えている問題である。当然のことだが、歌集を編むという行為の中には、編者の価値観が反映している。どんな歌を選ぶかといった時、そこに個人的な価値判断が入らないことはあり得ない。また、どう位置づけるか、といった歴史認識の問題もある。編纂という行為は、所詮、編者の独断と偏見であるという一面を免れない。

私たち研究者は、古代の日本列島の歴史という大海の中にあった『万葉集』というたった一つの歌集を手がかりに、古代の歌とはどのようなものだったのか、ということを考えているに過ぎない。ところが従来は、『万葉集』から見える風景が、あたかも古代の歌の歴史の全体像であるかのように捉えられて来た。

今日、『万葉集』が日本を代表する古典であるということに、異議を唱える人はあるまい。とは言え、それは近代の価値観にほかならない。奈良時代にもさまざまな歌集が生まれていた。『万葉集』の中にも、今は残っていない歌集の名がいくつも伝えられている（↓**補助教材「万葉集中に見られる私家集」**）。すなわち、『万葉集』は**only one**ではない。**one of them**でしかなかったのだ。

「初期万葉」とは、『万葉集』というたった一つの歌集から窺うことのできる初期の歌の世界でしかない。それは必ずしも、古代の日本列島の歌の歴史の初期ではない。『万葉集』の編者の歴史認識にほかならず、それが普遍性を持つかどうかは、慎重に考えてみなけ

### 万葉集中に見られる私家集

**柿本朝臣人麻呂歌集**

戦後の『万葉集』研究の中で、もっともホットな議論の対象となった。作者未詳歌巻を中心に三百七十首。二種類の表記が見られる。

**笠朝臣金村歌集**

志貴親王挽歌の左注にのみ見られる。金村は原則として、歌の題詞に作歌年（月）と干支を記す。それは金村歌集の形式であろう。

**山上憶良大夫類聚歌林**

東宮首皇子（聖武天皇）に侍した時期に集めた宮廷の記録か。作歌事情などを考証する資料として、九箇所の左注に引用されている。

**田辺福麻呂之歌集**

巻六と巻九に、特徴ある表記の長歌がまとめて収録されている。福麻呂は越中の家持を訪ねているが、『万葉集』の編纂に関係か。

**高橋連虫麻呂之歌集**

虫麻呂は伝説歌人と言われる。長歌が中心だが、その作品はすべてその歌集から出たもので、ほとんどの歌が巻九に収録されている。

ればならない問題なのだ。

## 3

「初期万葉」の歌とは、伝承歌とは異なり、一回的な創作歌と見做せるものである。それらの歌々の大半は『万葉集』の巻一・巻二に収録されているが、そこでは、

高市岡本宮に天の下知らしめしし天皇の代（舒明天皇）
明日香川原宮に天の下知らしめしし天皇の代（皇極天皇）
後岡本宮に天の下知らしめしし天皇の代（斉明天皇）
近江大津宮に天の下知らしめしし天皇の代（天智天皇）
明日香清御原宮に天の下知らしめしし天皇の代（天武天皇）

といった形（原文は漢文だが、便宜的に書き下しの形で示した）で、天皇の代ごとの標が立てられ、各時代の歌として位置づけられている（括弧内の天皇名は、理解を助けるために便宜的に示した）。個々の歌の正確な作歌時よりも、どの天皇の時代の歌なのかということの方が重視されているのだ。その事実を認めた上で、私は明日香清御原宮（奈良県高市郡明日香村大字岡）の時代、すなわち天武天皇の時代以前を「初期万葉」とする立場をとっている。人麻呂が登場する前の世界である。

一方、『万葉集』には部立てによる分類もある。巻一は「雑歌」（公の場で詠まれた歌）、巻二は「相聞」（消息を問い合う歌。大半が恋歌）と「挽歌」（人の死に関わる歌）で、これが『万葉集』の三大部立てと呼ば

れる。それぞれの部立ての下に、御代別の標が置かれた形である。

　柿本人麻呂の歌々は、巻一・巻二ともに、

　　藤原宮に天の下知らしめしし天皇の代

に位置づけられている。持統天皇の時代（六九〇〜六九七）である。ところが、その歌数を見てみると、巻一の場合、藤原宮以前の歌は全部で五三首だが、そのうちの二六首が藤原宮の時代の歌である。巻二の「相聞」では、五六首中の三六首が藤原宮で、「挽歌」に至っては、それが八七首中の六五首をも占める。持統の時代はたった七年ほどに過ぎないのに、その時代の歌が巻一・巻二の大半を占めていることになる。

　これは持統朝を〈現代〉として、その時代を一つの到達点とした歌の歴史であって、天武朝以前の歌はその前史に過ぎないと見るべきであろう。すなわち、「初期万葉」とは自立した歌の歴史ではなく、言うなれば、柿本人麻呂によって頂点に達した歌の前史にほかなるまい。当然、「初期万葉」は七世紀の歌の歴史を集約し、それを過不足なく伝えたものではない。

　そこに登場する人々にも、偏りがある。天皇をはじめとする皇族と、その周辺の身分ある人々に限定されている。今、それ一覧してみると、次のようになる。

【仁徳朝】　磐姫皇后《いわのひめこうごう》

【雄略朝】　天皇

【推古朝】　聖徳太子

【舒明朝】天皇・間人連老・軍王《いくさのおおきみ》
【皇極朝】額田王《ぬかたのおおきみ》
【斉明朝】額田王・中皇命・中大兄皇子・有間皇子
【天智朝】額田王・井戸王《いのへのおおきみ》・大海人皇子・天皇・鏡王女・藤原鎌足・久米禅師・石川郎女《いしかわのいらつめ》・大伴安麻呂・巨勢郎女《こせのいらつめ》・倭大后《やまとのおおきさき》・石川夫人・舎人吉年《とねりきね》
【天武朝】吹芡刀自《ふふきのとじ》・麻続王《おみのおおきみ》・天皇・藤原夫人・高市皇子

皇族が多く、それ以外の人々も、天皇周辺の身分ある人々である。右のうち、推古朝以前は伝承の時代だが、舒明朝以後の実質的な歌の歴史の中では、額田王がもっとも顕著な活躍をした人であることが窺える。したがって、「初期万葉」とは額田王を中心とした宮廷歌の世界であると位置づけることもできる（梶川信行『額田王と初期万葉歌人〈コレクション日本歌人選〉』笠間書院・二〇一二）。

## 4

「初期万葉」の時代は、一般に声の歌の世界だったと考えられている。『古事記』の序文には、古来の伝承を漢字という外来の文字で書き表すことの困難さが記されている（第二日参照）が、それは当然『万葉集』の問題でもあった。文字で記録してくれたからこそ、私たちはその時代の歌を知ることができるのだが、ボイスレコーダーなどとは違って、彼らの肉声を文字で正確に伝えることは困難である。つまり、「初期万葉」は、録音を適宜修正しつつ文字起こしをした原稿のようなもので、必ずしも声の世界を忠実に伝えているとは限らないのだ。

『万葉集』を読むことは、文字化された歌を読むことである。しかし、それを読む営みは、それだけでは完結しない。文字の向こう側にどのような声の世界が広がっていたのか。とりわけ「初期万葉」の場合は、それを考えてみなければならない。つまり、八世紀に定着した文字の世界を通して、七世紀の声の歌の世界に分け入らなければならないのだ。

『万葉集』は五七調を基本とする。ところが、学生たちに万葉歌を音読させると、なぜかほとんどの学生が、意味のまとまりを無視して七五調に読む。また短歌の場合は、五七五という上の句と七七の下の句の間で一呼吸置く。その間違いを正すために、適宜改行して歌を提示し、句読点まで付したのが、武田祐吉の『増訂 萬葉集全註釋』（角川書店・一九五七）であった。六十年以上も前の書物だが、この問題に関しては時が止まったままで、一般の人たちの理解はまったく変わっていないように見える。

そこでこの授業では、長歌も短歌も、あえて適宜改行する形で提示しておく。その方が意味を捉えやすい上に、それは概ね歌のリズムとも一致している。改行を意識することを通して、歌のリズムを味わってほしいと思う。それはきっと、声の歌の世界に分け入る入口となるに違いあるまい。

## 5

「初期万葉」を代表する歌人は、やはり額田王である。そこでまずは、もっとも「初期万葉」らしい歌から紹介することにしよう。中学や高校の国語の教科書でも、しばしば教材とされている著名な歌

である。

額田王の歌

熟田津《にきたつ》に　船乗りせむと
月待てば　潮も適ひぬ
今は漕ぎ出でな

（巻一・八）

七世紀の朝鮮半島は、百済・新羅・高句麗という三国の時代だったが、度重なる抗争の果てに、百済が新羅に攻められて滅亡する。『日本書紀』の斉明天皇六年（六六〇）九月条には、その残党が百済を再興するため、日本に援軍を求めて来たことが伝えられている。それに対して時の政府は、半島への出兵を決意。この歌の左注にも記されているが、翌七年正月には、斉明天皇一行を載せた船が難波《なにわ》（大阪市にあった港）を立ち、瀬戸内海を一路西へ。やがて伊予の熟田津に停泊した。

熟田津は、現在の愛媛県松山市近郊の港。その具体的な位置については諸説があるが、松山市南郊の重信川河口とする説が妥当であろう（上の写真）。額田は天皇とともに、石湯行宮《いわゆのかりみや》に入った。かつてそれは松山市の道後温泉とされていたが、これも具体的な場所は不明である。しかし、その名からすれば、温泉の湧き出る行宮だったことは間違いない。体調を崩していた老女帝はそこで静養したのであろうが、その間も水軍の徴発など、派兵の準備は着々と進められていた。右の歌は、出航の準備が整って、その熟田津から出発する時のものだったと考えられる。

「潮も」のモは、他にも同じものがあることを示す。つまり、「適ひぬ」ものは潮だけではなかったのだ。月も、風も、人も……で、すべての条件が整ったことを表わしている。一方、「今は」のハは、他と区別し、それを強く提示する働きを持つ。「今日は天気だ」と言えば、昨日はそうではなかったのだが、「漕ぎ出」すべき時は、ほかでもない、まさに「今」だと言うのである。つまり、すべての条件の整った「今」こそ、最良の船出の時であるということを、高らかにうたい上げた一首である。

私は、『万葉集』に収録されたこの歌は、文字で記録された結果の姿であり、実際にうたわれた形は違っていたのではないかと考えている。たとえば、百人一首の競技カルタでは、取り札の七七を繰り返す。五七五七七の後、さらに七七と音読されるが、それと似たようなものである。

そもそも、「月待てば　潮も適ひぬ」という形は、文脈的に不自然であろう。月を待って適うものは、月が出ることである。確かに、月の満ち欠けと潮の動きには関係があるが、それは自然科学を基にした現代人の知識である。額田は海のない奈良盆地の中で生まれ育った。月の満ち欠けと潮の動きの相関関係を、経験的に知るよしはない。したがって、それはうたわれたものを短歌定型の形で記録した姿だろうと考えられる。

たとえば、

熟田津に　船乗りせむと
月待てば　月も適ひぬ
潮待てば　潮も適ひぬ
今は漕ぎ出でな　今は漕ぎ出でな

といった形であって、この方が文脈的に自然である。また、まさに今が最良の船出の時であるということを強調するために、「今は漕ぎ出でな」を繰り返し、朗々と言挙げされたのではないかと想像している。

一行に対して、そう指示するのは天皇の役割にほかならない。したがって、左注はこれを天皇の歌とする『類聚歌林』（『万葉集』の編纂資料の一つで、山上憶良の著作）という書物の記述を伝えている。作者について異説があるのだが、それはつとに、形式作者と実作者の違いとする説がある。つまり、額田は天皇になり代わって、最良の船出であることをうたい上げたのであろう。

## 6

斉明天皇の時代に宮廷歌の担い手として登場した額田王は、天智天皇の近江大津宮（滋賀県大津市錦織）の時代（六六七～六七二）に、もっとも華やかな活動をしたことが窺える。

天皇の内大臣藤原朝臣に詔して、春山の万花の艶ひと秋山の千葉の彩りを競ひ憐れびしめた

まひし時、額田王の歌をもちて判れる歌

A冬こもり　春去り来れば
喧《な》かざりし　鳥も来鳴きぬ
開《さ》かざりし　花も咲けれど
B山を茂み　入りても取らず
草深み　執りても見ず
C秋山の　木の葉を見ては
黄葉《もみつ》をば　取りてそしのふ
青きをば　置きてそ歎く
そこし恨めし
D秋山吾は　（巻一・一六）

『懐風藻』の序文によれば、大津宮の時代にはしばしば文雅の宴が催され、多くの漢詩文が作られたと言う（第十日参照）。この歌が披露された場も、天智天皇の主催する漢詩の宴であったとするのが通説である。題詞の「春山の万花の艶ひ」と「秋山の千葉の彩り」は、そこで天皇から与えられたテーマであろう。それが「内大臣藤原朝臣」（鎌足）を通じて参加者に伝えられたのだ。参加した官人たちはそれぞれ、春を支持する詩、あるいは秋を愛でる詩をなしたが、それに対して額田王が判定の歌をなしたのだとされている。

右はまず、「冬こもり　春去り来れば」と春の風景からうたい始める。そして、鳥も来て花も咲くと続けているので、これを聞いた人たちは、額田は春を愛でる歌を披露するのだろうと受けとめる（A）。ところが、「ど」という逆接の助詞から方向性が変わる。せっかく咲いた花も手に取れないと、難色を示しているのだ（B）。

それに対して「秋山」は、下草も枯れて来るので、手に取ることができると言う（C）。それを聞いた人々は、額田は春もいいが秋の方がいいという歌をなすのだ、と思い始めたことだろう。しかし、額田は結論を急がない。「青きをば　置きてそ嘆く」と、秋の短所も述べる。しかも、「そこし恨めし」とまで、強い言葉で秋を否定する（C）。

ここに至ると、額田はいったいどちらを支持するのか、聞いている人々にはわからなくなる。さらに続きを聞こうとすると、突然、何の根拠も示さずに、「秋山我は」と結論づけてしまう（D）。どちらもいいけど、私は秋がいいわ、というように。

「吾は」のハは他のものと区別する働きを持つ。つまり、皆さんはどうだか知りませんが、私は、というニュアンスである。春と秋両方の良さを示しつつ、最後に自分の好みだけを提示したことで、双方の顔を立てた形である。

題詞はこれを判定した歌としているが、この歌は決して判定した歌ではあるまい。どちらかを勝ちと判定すると、場合によっては角が立つ。宴席を和やかなものにするためには、どちらもいいといった形の方が望ましい。そこで額田は、人々の興味を巧みに引きつけつつ、時にはぐらかしながら、座を盛り上げる歌をなしたのだ。この時期の額田を「遊宴の花」と捉える説もあるが、確かに額田は満座の注目を集め、宴の主役となっている。まさに額田の本領を発揮した一首だと言ってよいだろう。

とは言え、題詞には「天皇」とされているが、大津宮の時代はまだ「天皇」の時代ではなかった。そうした称号を使い始めたのは、天武天皇だとする説が有力である。また、『日本書紀』によれば、天智が鎌足に「藤原」という姓を与えたのは死の前日であった。しかも、「王」とは称号だから、自ら「額田王」と名乗ることはない。東大寺の正倉院に、大伴家持と親交のあった市原王が「市原」と署名した文書（市原王家御願経文書）があるばかりでなく、明らかに他人の筆跡で「王」と書き加えた例もある（市原王家出入帳）。

題詞は大津宮の時代に書かれたものではなく、後に額田王ならざる人物によって記されたものであることが確実である。実際にうたわれた姿は、もう少し違ったものであった可能性が高い。

## 7

「初期万葉」は、持統天皇（六九〇〜六九七在位）の時代を到達点とする歌の歴史の前史である。したがって、それは持統朝以後に書かれたものである。

声で披露された歌が、一旦書き留められた可能性もあるが、最終的に『万葉集』に載る姿で定着したのは、少なくとも何十年か後のことになる。声の歌が寸分違わず正確に伝わっている可能性はほとんどあるまい。それは、持統朝以後に、その時代の価値観と歴史認識に基づいて定着した過去の時代の記録である。したがって、その歌々を何の疑いもなく、『万葉集』が認定した時代のものと見て、その時代の歌のありようを考えることはできない。

「初期万葉」とは、八世紀という色のついた歪んだレンズを通して見えて来る七世紀の歌の世界にほかならないのだ。

## 人麻呂以前と人麻呂以後

人麻呂を分水嶺として、それ以前とそれ以後とで、風景が大きく変わるという説明に納得してくれた学生が多かったようです。「人麻呂峠」というネーミングは、実に優れたものだと思われますが、機械的な四期区分説とは異なり、歌自体の変化を反映した文学史の立て方ということで、こちらの見方の方が断然説得力があります。

それは、集団的な歌から一回的で個性的の歌々へという変化だと考えられていますが、人麻呂のように、一人の人間が時代を区切る大きな節目となるということは、よくあることだと思います。

たとえば手塚治虫。手塚がいなければ、日本のマンガはこれほどまでに発展しなかったと思われます。現在でも、マンガは子供のものであって、大人が読むものではないと考えている国があるようです。しかし、手塚はマンガを大人の鑑賞に堪えるものにしました。

『火の鳥』は輪廻転生を狂言回しにしており、人間の原罪に関する省察を含みます。非常に優れた作品だと思われます。また、『鉄腕アトム』は日本で最初の連続テレビアニメで、日本のアニメの発展の先駆けとなりました。現在の日本のアニメ文化は世界に誇るべきものですが、手塚がいなければ、そうした文化は発展しなかったかも知れません。まさに手塚以前と手塚以後では、大きく世界が変わったのです。

もう一例挙げるとすれば、松本清張です。昭和三十年代、『点と線』を皮切りに、社会派推理小説という新しい分野を切り拓きました。それ以前は、現実離れした単なる謎解きの探偵小説でしたが、清張は殺人に至る動機を丁寧に描きました。その動機を形成する社会の矛盾を鋭く剔抉しました。謎解きが目的ではなく、社会の矛盾に目を向けることこそが清張の作風でした。これも推理小説の新しい時代を切り拓いたのです。

## 散文と韻文

授業では、「熟田津」の歌の「も」と「は」に注目しましたが、ここにはたくさんの情報が含まれているということに気づいたと思います。

プレバトというテレビ番組で、俳句を添削している辛口の俳人の説明を聞いていると、俳句はつくづく引き算だということがわかります。短歌や俳句ばかりでなく、詩を含めた韻文は、凝縮した表現の中に無限の広がりを持ったものが素晴らしいのでしょう。たとえば、直截的な心情表現を用いずに、心情を描いて見せるところに詩の本質があるように思われます。と同時に、それが5音・7音の音数律によってリズミカルに展開する。それが短歌や俳句のすばらしさでしょう。

短歌や俳句には定型があり、字数が制限されているので、表現は凝縮に向かわざるを得ません。だからこそ、結果的に優れた表現を生み出していると言えるように思われます。それに対して、散文は足し算。言葉を丁寧に積み重ねることで、明解な論旨にする。まったく正反対のものだと思います。

私のような昭和世代の人間からすると、現代の歌は散文化しているように見えます。歌詞が説明のようなのです。昨今、昭和の歌を新鮮だと思う若い人が増えていると聞きますが、それは「引き算の美学」と心地よい音数律に引き付けられるのではないでしょうか。

## 額田王の歌を記録したのは誰か

額田王の歌は、次のような段階を経て、現在私たちが見る形になったものと考えられます。

1 声の歌として披露する（必ずしも定型ではない）。
2 誰かがそれを文字で記録する（定型化へ）。
3 題詞が付され、原万葉の一部となる。
4 左注が付され『万葉集』巻一・巻二の一部となる。
5『万葉集』が書き写され、さまざまな写本の一部となる（享受史）。
6 研究者たちによってさまざまな読みが提示される（学説史）。

私たちは、生の『万葉集』を読んでいるわけではありません。どんなテキストで読んだとしても、それは漢字のみで書かれた『万葉集』を、現代までの研究者たちが漢字仮名交じりの読みやすい形に直したものを読んでいるのです（6）。そこから遡って行くと、現代の研究者たちの手に届くまでの間には、千年を超える享受の歴史があり、さまざまな書き手によって写されて来ました。その時、書き手が意識したかしないかに関わらず、さまざまな改変・誤写が生じたことが窺えます（5）。そして、1～4が『万葉集』の形成過程です。

第七日

# 『万葉集』――持統朝の宮廷歌

## 1

持統天皇（六九〇～六九七在位）の時代は実質的に、夫の天武天皇が崩御した朱鳥元年（六八六）九月に始まる。一方、孫の文武天皇（六九七～七〇七在位）は即位時十五歳に過ぎなかったので、持統が崩御した大宝二年（七〇二）十二月までは、事実上、太上天皇となった持統が政権を握っていたものと考えられる。したがって、実質的な持統朝とは、朱鳥元年から大宝二年までの十六年間ということになる。柿本人麻呂の活躍は、ほぼその期間に重なる。そうした意味で、人麻呂はまさに持統朝の歌人であると言ってよい。

人麻呂の歌々は、巻三以降の巻にも見られるが、その大半は『万葉集』巻一・巻二に収録され、

藤原宮に天の下知らしめしし天皇の代

に位置づけられている。もちろん、持統の時代である。

その歌数を見ると、巻一「雑歌」の場合、藤原宮以前の歌は全部で五三首だが、そのうちの二六首が藤原宮の時代である。巻二の「相聞」では、五六首中の三六首が藤原宮で、「挽歌」に至っては、藤原宮が八七首中の六五首を占める。巻一・巻二を見る限り、藤原宮の時代が、和歌の最盛期であったように見える。人麻呂の歌がその四割以上を占めるばかりでなく、長大な長歌を含むので、『万葉集』の藤原宮の時代は、人麻呂の存在感が非常に大きい。

人麻呂は天皇の行幸や皇族の狩猟に従駕して讃歌を成し、皇族の葬儀にあたっては、荘重な挽歌を披露した。その一方で、宮廷の女性たちに娯楽を提供したと見られる歌々もある。すなわち、儀礼的な作品群と遊興的な作品群である。そうした二面性をもって「宮廷歌人」的な活動をしたのだが、そのような姿は、聖武天皇の時代（七二四〜七四九）の「宮廷歌人」と言われる笠金村や山部赤人に引き継がれて行く。そればかりでなく、人麻呂は後世の歌人たちに大きな影響を与え、平安時代には歌の神となって行った。

今回は、そうした人麻呂の宮廷歌を見て行くことにする。

## 2

持統朝にとって、都以外でもっとも重要な場所は、吉野宮（奈良県吉野郡吉野町宮滝）だったと言ってよい。飛鳥浄御原宮（奈良県高市郡明日香村大字岡）から東南へ、芋ケ峠を越えて二〇キロほどの山の中だが、夫の大海人皇子（天武天皇）とともに、そこで壬申の乱の旗揚げをし、乱に勝利して王権を確立したからである（第三日参照）。『日本書紀』によれば、七年半ほどの在位中に三十一回も、その吉野宮に行幸している。

持統三年（六八九）四月、持統の一人息子の草壁皇子（六六二〜六八九）は、即位できずに夭折してしまった。持統はそれを受けて即位したのだが、不安定化した皇位継承問題を解決し、草壁の忘れ形見の軽皇子（後の文武天皇）に恙なく皇位を渡すためには、天武八年（六七九）五月の吉野宮での盟約を思い起こし、天武の遺志を確認し続けることが必要だった（第四日参照）。繰り返された吉野行幸の最大の目的は、それであったと考えられる。人麻呂も、その行幸に何度も従駕したことだろう。

『万葉集』巻一には、その際に詠まれたと見られる人麻呂の吉野讃歌が収録されている。二組の長歌が見られるが、紙数の制約もあるので、一つ目の長歌だけを紹介することにしよう。それは次のような歌である。

吉野宮に幸しし時に、柿本朝臣人麻呂の作れる歌

Aやすみしし　我が大王《おほきみ》の
聞こしをす　天の下に
国はしも　さはにあれども
山川の　清き河内と
御心《みこころ》を　吉野の国の
花散らふ　秋津の野辺に

宮柱　太敷きませば
Bももしきの　大宮人は
舟並《な》めて　朝川渡り
舟競《きほ》ひ　夕川渡る
Cこの川の　絶ゆる事なく
この山の　いや高知らす
Dみなそそく　滝のみやこは　見れど飽かぬかも　（巻一・三六）

反歌

見れど飽かぬ　吉野の川の　常滑《とこなめ》の
絶ゆる事なく　またかへり見む　（巻一・三七）

すでに学修した（第五日）が、これは、

〈A地名の提示〉＋〈B叙景〉――（C尻取り式転換）↓〈D本旨〉

といった古代歌謡の基本的な発想様式（土橋寛『古代歌謡論』三一書房・一九六〇）を踏まえたものである。〈地名の提示〉は、「宮柱　太敷きませば」（宮殿の柱も立派に君臨なさって、の意）という天皇の行為に集約される形に変わってはいるが、「吉野の国」が特に選ばれた理想的な土地であることを示している。

その一つは、「さはにあれども」（たくさんあるけれども、の意）という表現である。舒明天皇の国見歌（巻一・二）では、「大和には　群山あれど」と「天の香具山」を称えていた（第五日）が、これは多くの同類の中から特に優れたものとして、それを提示する型である。「湯はしも　さはにあれども」（巻三・三二二）「高山は　さはにあれども」（巻三・三八二）など、国土讃美の長歌にはしばしば見られる。

また、「御心を　吉野の国」（御心がよくなったという吉野）の「御心」も、そこが特に選ばれた場所であることを示す定型的表現である。記紀や風土記に見られ、神が理想的な場所に鎮座したことを伝える神話の中で用いられる。そこが神に選ばれた土地であることを示している。「吉野の国」は、天皇が「宮柱」を「太敷」く理想的な場所だというのである。

冒頭に戻ると、「やすみしし　吾ご大王の」とうたい出されているが、それは天皇（皇族）讃歌の基本的な型式である。その原文は「八隅知之」とされ、八方隅々まで支配しているという意味の文字が選ばれている。その原義は不明だが、「八」は全世界を意味する「八紘」の「八」である。それは全世界を支配する偉大な天皇であることを示す枕詞だと言ってよい。現在の徳仁《なるひと》天皇も、令和元年十一月の即位の礼の際、八角形の高御座に立ったが、それは世界の中心に天皇が立つ形であろう。

こうして理想的な場所に吉野宮が立派に置かれているということが示されているが、それを受けた〈叙景〉は、「大宮人」たちが「朝」にも「夕」にも、競って離宮に参内することをうたっている。そこでは「川」がうたわれ、尻取り式転換部には「山」もうたわれているが、山と川はまさに吉野宮を取り巻く自然のすべてである。そして、その「川」の永続性、「山」の崇高さを述べて、〈本旨〉を導いている。

「滝」は、今言う滝ではない。急流を言い、垂直に落ちる滝は「垂水《たるみ》」と言った。現在の吉野川は、上流の巨大な大滝ダムで水量を調節しているからか、必ずしも急流とは言えない。私は奈良に住んでいた頃から、何十回も行ったことがあるが、天気の悪い日には行かないので、急流になった姿を見たことがない。しかし、季節によっては流れの速い時もあるのだろう。

「見れど飽かぬ」は、以後、行幸先の自然を称える常套語となって行くが、反歌はそれを繰り返すところから始まる。「常滑」は、常にぬるぬるしている所。そこまでの三句は序詞で、永遠に絶えることなく、吉野宮に通おうと言うのだ。吉野宮に滞在する天皇のもとに永遠に奉仕しようという意志を示して、長歌を結んでいる。

こうして、離宮を取り巻く自然を称え、その離宮の主である天皇に奉仕することをうたい上げる。私は、こうした長歌を国土讃美的天皇讃歌と呼んでいる。以後、これが行幸先での讃歌の基本的な形になる。このような歌の制作によって、大正期以後のことだが、人麻呂は「宮廷歌人」と見做されるようになった。

因みに、日本の古代社会に「宮廷歌人」というポストが存在したわけではない。歌人としても知られる折口《おりくち》信夫《しのぶ》（一八八七～一九五三）が「萬葉集のなりたち」（『皇國』二七九号・一九二二）という論文の中で、「宮廷詞人」の誕生を考えているが、それが後に「宮廷歌人」という語で広まって行った。すなわち、それは学術用語と見るべきものである。

## 3

人麻呂は皇族たちに対する挽歌でも、宮廷歌の担い手としての本領を発揮している。とりわけ高市皇子が薨じた時の挽歌（巻二・一九九〜二〇二）は、一四九句という『万葉集』中最大の長歌で、その死を悼んでいる。しかし、人麻呂には遊興的な作品群の中にも、人の死を悼む歌が見られる。それが次の長歌である。

柿本朝臣人麻呂の妻の死りし後に、泣血哀慟して作れる歌二首 并せて短歌

A天飛ぶや　軽《かる》の道は
我妹《わぎも》子《こ》が　里にしあれば―
Bねもころに　見まく欲しけど
やまず行かば　人目を多み
まねく行かば　人知りぬべみ
さね葛《かづら》　後も逢はむと
大船の　思ひ頼みて
玉かぎる　磐垣淵《いはかきふち》の
隠《こも》りのみ　恋ひつつあるに―
C渡る日の　暮れぬるがごと
照る月の　雲隠るごと
沖つ藻の　なびきし妹は

黄葉《もみちば》の　過ぎて去にきと
玉梓《たまづさ》の　使ひの言へば
D梓弓　音に聞きて
言はむすべ　せむすべ知らに
音のみを　聞きてありえねば
E我が恋ふる　千重《ちへ》の一重も
慰もる　心もありやと
我妹子が　やまず出で見し
軽の市に　我が立ち聞けば
F玉だすき　畝傍《うねび》の山に
泣く鳥の　声も聞こえず
玉桙《たまほこ》の　道行き人も
ひとりだに　似てし行かねば
Gすべをなみ　妹が名呼びて
袖そ振りつる

（巻二・二〇七）

短歌二首

秋山の　黄葉《もみち》をしげみ

惑ひぬる　妹を求めむ　山道《やまぢ》知らずも　（巻二・二〇八）

黄葉《もみちば》の　散り行くなへに
玉梓の　使ひを見れば
逢ひし日思ほゆ　（巻二・二〇九）

右は、「軽の道」（奈良県橿原市大軽町）に住んでいた「我妹子」が死んでしまったと、突然「玉梓の使ひ」（「玉梓の」は枕詞だが、使者の持つ梓の杖の意）に聞かされ、悲嘆に暮れている男の歌である。舞台は「畝傍の山」（奈良県橿原市畝傍町）の麓、「軽の道」である。

また、長歌には二首の「短歌」が付されているが、それは「我妹子」の死が既定の事実となった段階での感慨であって、後日談的な内容である。通常、長歌に付されるのは「反歌」だが、「短歌」とされているのは、単なる長歌の反復や、まとめではないことを示しているとする見方もある。

『万葉集』では一般に、死者は山中の他界に赴くとうたわれる。したがって、一首目の「山道知らずも」は、妻を求めて他界に尋ねて行きたいが、その道がわからないという嘆きである。また、二首目は「逢ひし日思ほゆ」と、過去を回想する形になっている。つまり、この短歌二首は「我妹子」の死から時間が経過した後に作られたものだということを示している。

長歌をA～Gの七段に分けたが、それは次のような理由による。確定条件の「ば」と、逆接条件の「に」によって展開し、完了を示す「つ」（係り結びの形の「そ……つる」）で結ばれていることである。つまり、「これこれこうなので」、「こうしていたのに」、「こうなったので」と、一つ一つ事情を説明しつつつ展開して行った結果、「こうなった」という形で終わっている。

もう少し具体的に言えば、「軽の道」は妻の里なので、頻繁に通いたいが事情があって我慢をしていたのに、「使ひ」の者がその死を伝えて来たので、伝言だけでは納得できないので、せめて「軽の市」に行って声を聴いてみると、似た人すらいないので、やむにやまれず名前を呼んで袖を振った、という展開である。つまり、長歌は妻の死をめぐる顛末を聴衆に対して順を追って説明しているのである。

そもそも「天飛ぶや　軽の道は　我妹子が　里にしあれば」などという歌句は、第三者に対する説明以外の何物でもない。自分と「我妹子」との関係だけで機能した歌ならば、妻の里がどこかなどということは自明のことであって、わざわざ言う必要がない。それをあえて「軽の道」だと言わなければならないところに、この長歌の本質が透けて見える。

後日談的な「短歌二首」も、理由を述べた上で、その結果を示す形だが、その「短歌」をも合わせ考えれば、妻の死をめぐる顛末を、後日こうした作品にまとめ上げ、第三者に対して説明して聞かせることを目的としていた、ということであろう。つまり、これは個人的な経験をうたったものではなく、人麻呂の創作だったと考えられる。したがって、後宮の女性たちを相手に悲恋物語を提供したのだとする説が有力である。

## 4

この歌の舞台になぜ「軽の道」が選ばれたのか。それは「使ひ」の者に死んだと聞いても逢いに行

藤原京図

人麻呂が活躍したのは、飛鳥浄御原宮と藤原京の時代である。上の図は藤原京。左の方に畝傍山が見えるが、「軽の里」は近鉄橿原神宮前駅の南側一帯である。都の外れで、まさに「隠り妻」が住むにふさわしい。しかし、南北の下ツ道と東西の山田道が交差する交通の要衝なので、市が立っていた。

けない設定になっている点に、そのヒントが隠されている。それは、「軽」という地が《軽の隠《こも》り妻伝承》の舞台とされていたからだとする説がある。

『古事記』(下巻・允恭天皇段)に、木《き》梨《なし》之《の》軽《かるの》太子《みこ》と軽大郎女《かるのおおいらつめ》の悲恋物語が見える。允恭天皇崩御の後、木梨之軽太子は即位することになっていたが、同母妹の軽大郎女と男女の関係になっていた。近親相姦のタブーを犯したのである。ところが、それが明るみになったことによって、百官らは軽太子に背き、その弟の穴穂皇子《あなほのみこ》(後の安康天皇)についた。軽太子は大前小前宿祢《おおまえおまえのすくね》の家に逃れ、兵を起そうとするが、穴穂皇子も兵を起し、宿祢の家を取り囲んだ。そこで、宿祢は軽太子を捕らえて穴穂皇子に差し出したので、軽太子は伊予の湯(愛媛県松山市

愛媛県松山市の市街地の北郊に姫原という地がある。ミカン畑に隣接して、木梨之軽太子と軽大郎女の墓と伝えられる五輪塔がある。その近くには、二人を祀る軽之神社という小さな神社もある。



の道後温泉）に流されてしまう。

残された衣通王《そとおりのおおきみ》（軽大郎女の別名）は恋慕の情に堪えず、軽太子の後を追う。伊予にたどり着いた軽大郎女は、軽太子とともに自殺して果てた（上の写真はその墓）。そうした物語が十三首の歌謡とともに語られているのだ。

『日本書紀』の允恭天皇二十三年三月条は、木梨軽皇子を「容姿佳麗」とし、軽大娘皇女（軽大郎女）も「艶妙」であると、二人の容姿について述べ、「感情既に盛にして（中略）遂に窃《ひそか》に通け」たと伝えている。また、二十四年六月条には、流されたのは軽大娘皇女の方であるとする。軽皇子は皇太子なので、罪に落とすことはできないという理由である。伝えられた歌謡は三首のみだが、やはり木梨軽皇子と軽大娘皇女の悲恋物語が語られている。

「軽の道」を舞台とした悲恋物語は、当時の宮廷社会では周知のものだったのであろう。

天飛《あまと》ぶや　軽の社の　斎《いは》ひ槻《つき》
幾代まであらむ　隠り妻そも　（巻十一・二六五六）

という作者未詳歌の存在は、それが民衆の間にも流布していた伝承だったことを窺わせる。

それを踏まえた長歌は、聖武天皇の時代（七二四～七四九）の「宮廷歌人」と言われる笠金村にも見られる。神亀元年（七二四）十月の紀伊国への行幸に従駕した時の長歌（巻四・五四三～五四五）である。金村の場合は、徹頭徹尾女性の立場でうたっているが、それは「隠り妻」を演じて見せたのだと考えられる（第八日参照）。

## 5

紙数の関係で、人麻呂の創作活動の一部しか紹介し得ないが、人麻呂が持統朝の宮廷で硬軟両方の歌でもって、彩を添えていたことがわかるのではないか。

『万葉集』の巻一・巻二は、人麻呂によって歌の歴史の到達点を迎えた姿を伝えている。一方、巻三以降の巻は、人麻呂から始まる歌の歴史を伝えていると見てもよい。人麻呂は、聖武朝の「宮廷歌人」的な人たちばかりでなく、後世の歌人たちにさまざまな影響を与えたが、やがて『古今和歌集』の仮名序では「歌の聖《ひじり》」と言われるようになる。その後神となり、現在も全国に人麻呂を祭神とする神社が多数存在する（奈良県葛城市の柿本神社、兵庫県明石市の柿本神社、島根県益田市の柿本神社など）が、『万葉集』の人麻呂はすでに、歌の神へと上昇する第一歩を踏み出している。

## シル

　柿本人麻呂の吉野讃歌に見られる「八隅知之」（ヤスミシシ）という枕詞では、シの仮名に「知」という字が使われていました。「之」もシですが、これは音仮名。訓仮名の「知」とは別物です。それについては、教材の中でも簡単に説明しておきましたが、もう少し補っておきたいと思います。

　『万葉集』には、「之良志」「所知」「知」として、領有を意味する例があります。いずれもシラシと訓むものです。「領須」（シラス）と表記する例もあり、いずれも天皇が統治する意で用いられています。それは八方隅々まで（全世界）を統治するという意味の冠辞（枕詞のことを賀茂真淵はこう名付けました）だと思われます。

　『時代別国語大辞典　上代編』（三省堂・一九六七）には、シルとは、

　　領有する。治める。とりしきる。敬語のスが接したシラス、またはシロスの形で用いられることが多い。（中略）②知る。ⓐ理解する。気がつく。打消の助動詞を伴って用いられることが多い。または知られるの意。（中略）ⓑ聞き分ける。その価値を正しく評価する。（中略）ⓒ知っている。精通している。熟練している。

と説明されています。「知る」系の説明よりも、「領有する」が先にある点は、『時代別』ならではの説明でしょう。

　また、『古語大辞典』（小学館・一九八三）は、「知る」と「領る」を別の項目として、「領る」に「「知る」と同源」としています。時代が下り、用例が分化した段階を捉えた説明だと思われます。しかし、元は一つの語だったことを認めています。

　『岩波古語辞典』（岩波書店・一九七四）はもう少し丁寧に、

　　物の状態や性質を、すみずみまで自分の思うままにする意。占有・統治・支配・世話の意から転じて、意識の中ですみずみまで認識し自由にする意。

と説明しています。この説明によって、「知る」と「領る」が一つの概念だったということが、よくわかります。

　それを私なりに言い換えると、

　　シルとは、その本質をきちんと把握すること。すなわち、把握しようとする対象の中に宿る魂がどういう状態なのか、正確に把握し得たことで、それを自

## Feedback

己の掌中に収め得たことを意味する。

ということになります。土地には土地の魂が宿っています。人の存在も魂です。根本にあるのはやはり、魂の存在に対する揺るぎない信頼感でしょう。

『万葉集』の歌々は原則的に、ヤマトコトバでうたわれています。それは漢字の訓読みの語と言ってもよいでしょう。その多くは、ヤマ・カハ・ソラ・メ・ハナ・クチ・テ・アシ・ウヘ・シタのように、現代でもそのまま使っている語です。そうした語彙の中に漢語（音読みの語）がたくさん入って来て、語彙が豊かになり、日本語が形成されました。上代の言葉を考えるには、日本語に飛躍して行く以前の言葉、すなわちヤマトコトバの段階を見据える必要があるのです。

### ミル

シルためには、どうするのでしょうか。それはミルことだったと考えられます。舒明天皇が香具山で国見をした時の歌（巻一・二）を、すでに学修しました（第六日）。聖なる山に登って国をミルことが国土を支配することだったと考えられます。

その時、ミルについて説明しましたが、ミルと見るは同じではありません。見るは視覚に限定した行為ですが、ミルは五感のすべてを動員します。医者が患者を診るということが典型ですが、患部を見るだけではなく、聴診器をあてて、耳で聞くこともあります。また触診もあります。私たちは、味をミたり、湯加減をミたりします。味覚と触覚です。ミルは古来のヤマトコトバであるのに対して、見るは漢語が導入されてからの日本語だと言ってもよいでしょう。

そこで私は、次のように定義しています。

ミルとは、五感のすべてを動員してモノの本質を把握しようとする行為。

この時のモノとは魂（もののけのモノ）です。人をミルことは、その人がどんな魂を持っているのか、あるいは、魂がどんな状態なのかを把握しようとしているのです。

『万葉集』には、モノを「鬼」と表記する例がたくさん見られます。この「鬼」は、中世以後の角の生えた邪鬼ではなく、「魂」のことです。オニという語は上代には見られません。

# 『万葉集』――聖武朝の宮廷歌



## 1

高校の国語の教科書でも、柿本人麻呂や山部赤人を「宮廷歌人」と説明することが多い。しかし、『万葉集』はもちろん、古代の文献のどこを探しても、「宮廷歌人」なる語を見つけることはできない。それは古代に実在した官職名ではなく、歌人としても知られる折口《おりくち》信夫《しのぶ》（一八八七～一九五三）の「萬葉集のなりたち」（『皇國』二七九号・一九二二）に始まる学術用語である。

折口は、古代の大歌所との関係で、「宮廷詩人」の誕生を次のように考えている。「語部の物語の中の叙情部分」が、「物語から独立して、宮廷詩として用ゐられたもの」が、「大歌」であり、やがて「恒例に使ひ慣れて居る大歌では、間に合わぬ場合を埋める新作が出来て」来る。

初めは、謳ふ人の即興であつたものを群衆が唱和する所から、多くは群衆の感情を代表する事になり、作者も又、専門化した傾きが出来る。さうして、今日の歴史には、記載を欠いて居るが、

> 宮廷詩人とも言ふべき職業詩人が出て来たのである。よし純粋に、職業化はして居なくとも、官人の中、新作の大歌を擁する場合に、極つて製作を命ぜられる人が、飛鳥時代以後には、もう見え出したと思はれる。

と説明している。

ここに「宮廷詩人とも言ふべき職業詩人」とされている点は重要であろう。「記載を欠いて居るが」とは言うものの、「宮廷詩人」と言う語が折口の命名であるということが、明確に示されているからである。

ところが、その後の研究者たちに、「宮廷歌人」という形で、それがあたかも実在した官職名であるかのように使用されるようになった。しかし、これはあくまでも、貴族の文人たちの創作との性格の違いを明確に示す学術用語として使用すべきものである。

それでは、どういう人が「宮廷歌人」とされているのか。一般には柿本人麻呂や山部赤人を言うが、額田王をその先駆けと見る説もある。確かに、額田王には宮廷を活躍の場とした専門歌人という面影がある。しかし、額田王は一応天皇家の人である。それに対して、人麻呂や赤人は『日本書紀』や『続日本紀』などの公的な記録にその名が残っていない。すなわち、微官であったと考えられる。そこで、通常は歌をもって宮廷に奉仕する微官の者を「宮廷歌人」と言うが、私は違う考え方を持っている。

律令制の時代には、職員令《しきいんりょう》という各役所のポストと定員・職掌の規定があるが、当然、宮廷歌人なるポストは存在しない。その一方で、古代社会では一般に、家の職掌があった。『万葉集』の最終編纂

者と見られている大伴家持の場合、伴《とも》（天皇の側近にあって警護などにあたる）を職掌とする武人の家柄であった。大伴とは、その伴のリーダー的な存在であり、通常は宮の正面の門の警備にあたった。平城宮の場合、正面の朱雀門を別名大伴門とも言う。正面の門を守る名誉ある氏族だったのである。

聖武朝の「宮廷歌人」は、山部赤人だけではなく、笠金《かさのかな》村《むら》という人物も忘れてはならない。むしろ、金村の方が赤人よりも、身分的には上だったとも言われる。彼らの場合も、その氏族の伝統に基づいた形で官僚組織の中の一員としてあったと考えられる。

笠氏は弓矢を持って仕える家柄で、一族には兵衛府《ひょうえふ》の官人（右上の写真は兵衛の姿を復原したもの。飛鳥資料館）が多い。また山部氏は門衛の家柄で、藤原宮の十二の門の中に山部門という門のあったことが記録に残る。したがって、一族には衛門府《えもんふ》の役人が多い。兵衛府も衛門府も、行幸時にはその警備にあたる。金村・赤人が聖武天皇の行幸に従駕していたのは、律令の規定に基づく職務であって、歌はむしろ余技であったと見た方がよい。

## 2

持統天皇はその在位中に三十一回もの吉野行幸を行なった（第七日参照）が、文武天皇や聖武天皇も吉野に行幸している。そこで、赤人は讃歌をなしているが、なぜか『続日本紀』にその行幸の記事はない。しかし、『万葉集』は神亀二年（七二五）五月の行幸の時の作と伝えている。

これも、その構成を明確にするために段落に分けて提示する。

山部宿祢赤人の作れる歌二首（長歌一組は省略）

Aやすみしし　わご大王《おほきみ》の
高知らす　吉野の宮は
Bたたなづく　青垣ごもり
川なみの　清き河内そ
春へには　花咲きををり
秋されば　霧立ち渡る
Cその山の　いやますますに
この川の　絶ゆることなく
Dももしきの　大宮人は　常に通はむ　（巻六・九二三）

反歌二首

み吉野の　象山《きさやま》のまの　木末《こぬれ》には
ここだも騒く　鳥の声かも　（巻六・九二四）
ぬばたまの　夜のふけゆけば

久木《ひさぎ》生《お》ふる　清き川原に　千鳥しば鳴く　（巻六・九二五）

これはまさに、

〈A地名の提示〉＋〈B叙景〉――（C尻取り式転換）↓〈D本旨〉

といった古代歌謡の基本的な発想様式（土橋寛『古代歌謡論』三一書房・一九六〇）の典型である。しかも、実にバランスよく、型式の整ったものである。

「やすみしし　わご大王の」といううたい出しは、天皇（皇族）讃歌の基本的な型式である。その原文は「八隅知之」とされ、八方隅々まで支配しているという意味の文字が選ばれている。それは全世界を支配する偉大な天皇であることを示す枕詞である（第七日参照）。「知らす」は、支配なさっている、の意。「高」を冠するのはそれを称えた形である。そうした特別な「吉野の宮」であるという〈地名の提示〉である。

それに続く〈叙景〉は、「山」と「川」、「春」と「秋」を対にしている。「青垣」は周囲の山のことだが、それは「吉野の宮」が神聖な場所であることを示している。また「川なみ」（山並みという語の並と同じで連なりの意）の「清き河内」であると言う。「清き」とは、単にきれいということではない。祝詞などでも、聖なる清らかさを表す語として使用される。

宮滝の集落は現在も、北側の山を背にして、三方を蛇行する吉野川に囲まれていて、確かに「河内」という地形である。そして、春に「花咲きををる」（たわわに花が咲く）のは「山」であり、秋に「霧立ち渡る」のは「川」である。八句にわたる二つの対句で、離宮を取り巻く全宇宙（空間）と、永遠に循

環する季節の推移（時間）を、無駄なくうたい上げていることになる。

そして、「その山の」「その川の」という尻取り式転換で、永遠の奉仕を表す〈本旨〉へと導いて行く。実に無駄のない構成であると言ってよい。

また二首の反歌も、「山」と「川」が対になっている。「象山」（上の写真の正面の山。離宮跡とされる宮滝遺跡は、目の前の民家の右側一帯である）は、離宮の目の前にある山。また「川原」は、離宮の前を流れる吉野川の川原である。しかし、長歌が永遠に繰り返される時間の中でうたわれているのとは異なり、この反歌二首は、ある瞬間を切り取ったものであり、一回的なものであるように見える。

第一反歌の「さわく」とは、現代語とは違って「霊威の強いことを示す」（野田浩子「さわく」古代語誌研究会編『古代語を読む』桜楓社・一九八八）とする説が有力である。夜の静寂の中で、山の中から聞こえて来る鳥の声は、自然の中に宿る霊威の現れと見られたのであろう。「木末」で「さわく鳥」をうたってはいるものの、実はその姿を見ていない。「声かも」（「かも」は詠嘆）と声を聞いて、そう判断しているのだ。

第二反歌も、見た景色ではなく、「千鳥」の鳴き声を聞いていること

**ちとは、生命力や霊力を表わす語**

「血液に或る神秘的な勢能を感知せざるを得なかつたところに、チとしての『血』があり、それを體内に吸ひ取ると幼児がすくすくと生ひ立つことを直観した時、乳汁に思議を超えた或る力能を認取せざるを得なかつたところに、チとしての『乳』があつた」

（松村武雄「古代日本民族に於けるチの観念・信仰」『日本神話の研究　第四巻』培風館・一九五八）

ち

血・乳・茅

エネルギー源

イカヅチ
イノチ
カグツチ
ククノチ
ノツチ
ミツチ
ヲロチ
チカラ　など

をうたっている。「ぬばたまの夜」は、漆黒の闇をイメージした表現だから、そこに「久木」（樹種については諸説がある）があり、「清き河原」があることが見えていたわけではない。しかし、見えていなくてもよい。どういう樹種かということが問題なのではなく、「久木」という名であることが重要なのであろう。ヒサは長い時間の経過を表す。永遠性をうたうことこそが讃歌の要件なので、ほかの木ではなく、ヒサギでなければならないのだ。

「千鳥」の方は、姿が見えなくても、その鳴き声で判断できる。しかし、これもチ・ドリでなければならない。チは、生命力や霊力を表す語（↓補助教材「ち」）だからである。吉野の地に宿るチを「千鳥」の声によって感じる取ることができるということにほかならない。

このように、赤人の吉野讃歌はコンパクトな長歌だが、効率よく自然を描写し、非常に整合性の取れた形で構成されている。人麻呂の吉野讃歌（第七日参照）が

## 宣命書き

天皇の命令を宣べ聞かせるものが宣命だが、それに用いられた表記法。漢文体ではなく、日本語の文章なので、活用語尾、助詞・助動詞などを、万葉仮名で小書きにした。次のように、『万葉集』にも見られる。

高麗朝臣福信に勅して難波に遣はし、酒肴を入唐使藤原朝臣清河等に賜ふ御歌

虚見都　山跡乃国波　水上波　地往如久
船上波　床座如　大神乃　鎮在国曾　四船
船能倍奈良倍　平安　早渡来而　還事
奏日爾　相飲酒曾　斯豊御酒者

（巻十九・四二六四）

そらみつ　大和の国は　水の上は　地行くごとく　船の上は　床にをるごと　大神の　いはへる国そ　四つの船　船の舳並べ　平けく　早渡り来て　返り言　奏さむ日に　あひ飲まむ酒そ　この豊御酒は

フリーハンドの絵図のように見えるのに対して、赤人の歌は定規をあてたかのような正確さである。この違いはいったい、なぜなのだろうか。

私は、大宝元年（七〇一）の大宝律令の制定が原因の一つではないかと考えている。律令制の基本は文書主義である。古い時代、天皇の詔はまさにミコト（御言）ノリ（宣り）であった。口頭で発せられたものだったが、八世紀になると、詔《みことのり》は文書の形になっている。『続日本紀』には、宣命書き（→補助教材「宣命書き」）という特殊な表記法によって文字化されたものが、いくつも残されている。そうした時代の官僚として、赤人も文書主義の社会の歌人となっていたのだと考えられる。

口誦の自由さから文書の正確さへ。時代は大きく変化していた。宮廷歌の世界にも、そうした時代の流れが反映していたのである。

# 3

しかし、儀礼的な歌は形式や格式が重視されるが、遊興的な歌の世界はそうではあるまい。「宮廷歌人」たちのもう一つの世界は、自在で闊達な口誦性こそが命であったと考えられる。

その典型が、聖武天皇の紀伊国への行幸の際に披露された笠金村の従駕歌である。長歌は、五七音が一つの意味のまとまりになりつつ、リズムを形成している（五七調）ので、一行ずつ意味を確認しながら音読してほしい。

神亀元年甲子の冬十月、紀伊国に幸しし時に、従駕の人に贈らむがために娘子《をとめ》に誂《あとら》へられて、

笠朝臣金村の作れる歌一首　并せて短歌

大王《おほきみ》の　御幸《みゆき》のまにま
もののふの　八十伴《やそとも》の男《を》と
出でて行きし　愛《うつく》し夫《づま》は
天飛ぶや　軽の路より
玉だすき　畝傍《うねび》を見つつ
あさもよし　紀伊《き》道《ぢ》に入り立ち
真土山　越ゆらむ君は
黄葉《もみちば》の　散り飛ぶ見つつ

にきびにし　我は思はず
草枕　旅をよろしと
思ひつつ　君はあるらむと
あそには　かつは知れども
しかすがに　黙《もだ》もえあらねば
我が背子が　行きのまにまに
追はむとは　千《ち》度《たび》思へど
たわやめの　我が身にしあれば
道守の　問はむ答へを
言ひ遣らむ　すべを知らにと　立ちてつまづく　（巻四・五四三）

反歌

遅れ居て　恋ひつつあらずは
紀伊の国の　妹背の山に　あらましものを　（巻四・五四四）

吾が背子が　跡踏み求め　追ひ行かば
紀伊の関守い　留めてむかも　（巻四・五四五）

この行幸については、『続日本紀』に詳しい記事があるのだが、その中で、次の詔に注目しておく必要がある。

詔して曰はく、「山に登り海を望むに、此間最も好し。遠行を労らずして、遊覧するに足れり。故に弱濱《わかのうら》の名を改めて、明光浦《あかのうら》とす。守戸を置きて荒穢せしむること勿るべし。春秋二時に、官人を差し遣して、玉津嶋の神、明光浦の霊を奠祭せしめよ。」とのたまふ。

その景色のすばらしさ（写真は、聖武が登ったと推定される山からの北側の景観）に感動した聖武天皇の機嫌のよさが伝わって来るかのような詔だが、そこには「遊覧」という文字が見える。行幸先で「遊覧」と記されるのは例外的なことだが、それを反映してか、金村の歌も従駕の官人たちの「旅をよろし」という気分を反映したものであったことが窺える。

題詞には、従駕の人に贈るために、とある女性から頼まれて作った歌だとされている。すなわち、女性の立場での歌だが、これは「軽の路」（軽の里）に住む「我」（娘子）を置いて、行幸の「従駕の人」として、紀伊国に行ってしまった男を追いかけて行こうとすることをうたったものである。

長歌の中の動詞に注目してみよう。前半部が男（愛し夫・君・君）

の動作（傍線部）であるのに対して、後半部は女（我）の動作（波線部）である。また、人称（網掛）も変化している。三人称の「愛し夫」から二人称の「君」へ、そして一人称の「我」へという変化である。説明的に語っている前半部と、自身の心情としてうたう後半部という形である。

なぜこんな形になっているのかと言えば、男の金村が「娘子に誂へられて」（題詞）作ったので、全体に女の立場でうたわれているからだ。したがって、前半部は機嫌よく旅をしている男の様子を、「越ゆらむ」「あるらむ」（「らむ」は現在の推量）と推測しつつうたっている。それに対して、後半部は残された女自身の立場でうたっている。男のあとを追って行きたいと「千度思へど」、「道守」の尋問という懸念もあって、容易に決断できず、「立ちてつまづく」と、その葛藤が描かれている。

人称を表す名詞の多いことにも注目する必要がある。とりわけ前半部は、女の立場で男の動作をうたうので、「愛し夫」「君」「君」と三度繰り返されているが、それは戻って読み直すことのできる文字の歌ではなく、口誦の歌だからであろう。

「道守」に足止めされ、尋問された時に答えるすべがない（答えに窮する）とうたっているが、第二反歌でも「紀伊の関守」に足止めされてしまうかも知れないという懸念がうたわれている。しかし、紀伊国との国境に関があったという記録はない。実際に関所があったのではなく、それは普通の男女関係ではないということを暗示するための道具立ての一つであって、フィクションであろう。金村は、危険な恋に身を焼く女を演じて見せている。なぜかと言えば、それは「軽の路」の女だからに違いあるまい。

この歌の舞台に、なぜ「軽の道」が選ばれたのか。それは、人麻呂の泣血哀慟歌で、妻が死んでしまったと「使ひ」の者に聞いても、逢いに行けない設定になっていたが、「軽」が《軽の隠り妻伝承》の舞台とされていたからである（第七日参照）。この歌は明らかに人麻呂の泣血哀慟歌の影響下にある。

『古事記』（下巻）の允恭天皇（記紀では十九代目の天皇とされる）段に、木梨之軽太子《きなしのかるのみこ》と軽大郎女《かるのおおいらつめ》の悲恋物語が伝えられている。允恭天皇の崩御後、木梨之軽太子は即位することになっていたが、同母妹の軽大郎女と密かに男女の関係になっていた。近親相姦のタブーを犯したのだ。ところが、それが明るみに出たことで、軽太子は伊予の湯（愛媛県松山市の道後温泉）に流されてしまう。残された軽大郎女は恋慕の情に堪えず、軽太子の後を追う。伊予にたどり着いた軽大郎女は、軽太子とともに自殺して果てた。そうした物語が十三首の歌謡とともに語られている。

『日本書紀』の允恭天皇二十三年三月条は、木梨軽皇子を「容姿佳麗」とし、軽大娘皇女（軽大郎女）も「艶妙」であると、二人の容姿について述べ、「感情既に盛にして（中略）遂に窃《ひそか》に通け」たと伝えている。また、二十四年六月条には、流されたのは軽大娘皇女の方であるとする。軽皇子は皇太子なので、罪に落とすことはできないという理由である。伝えられた歌謡は三首のみだが、やはり木梨軽皇子と軽大娘皇女の悲恋物語が語られている。

こうした「軽の道」を舞台とした悲恋物語は、当時の宮廷社会では周知のものだったのであろう。人麻呂や金村といった著名歌人の作ばかりでなく、『万葉集』には、

天飛ぶや　軽の社の　斎ひ槻
幾代まであらむ　隠り妻そも
（巻十一・二六五六）

という作者未詳歌もある。それが民衆の間にも流布していた伝承だったことを窺わせる。この行幸に従駕していた人々は、特に説明しなくても、「軽の路」と聞けば、そうした悲恋物語を思い描くことができたのであろう。金村は、それを積極的に利用し、悲恋物語のヒロインを演じて見せたのだと考えられる。こうして金村は、行幸先の夜の宴席で、家で待つ妻のことを思い起こさせる歌を、娯楽として提供したのであろう。

## 4

「宮廷歌人」には二つの作品系列が見られたが、持統朝の人麻呂は一人でそれをこなしていたのに対して、聖武朝の金村と赤人は、それを分担していたように見える。赤人は儀礼歌を得意とし、金村は遊興的な作品を披露することに本領を発揮したのであろう。平城京の万葉の世界には、さまざまな個性が花開いていたが、こうして二人の異なる個性が行幸先でも彩を添えたのである。

　また、もう一つ確認しておかなければならないことは、聖武朝は文字の社会になっていたという点である。これは一人赤人の従駕歌の問題だけではなかった。大伴旅人や山上憶良といった貴族の文人たちの活躍が顕著になる（第九日参照）が、彼らは実に漢籍に堪能で、歌に漢文の序を付したりする形の新しい文学形式を生んでいる。自在に漢字を操ることによる歌の世界である。もちろん、声の歌が消えてしまったわけではないが、文字への傾斜を深めて行くことによって、新しい歌の世界が生まれたのである。

## 上代では〈花＝桜〉ではない

平安時代になると、『古今和歌集』以下、次々と勅撰和歌集が編まれますが、歌壇というものが形成され、歌学が発達します。そうした中で、歌枕が定着したり、さまざまな常識が形成されたりします。〈花＝桜〉という常識も、そうした中で形成されたものだと考えられます。

『万葉集』に登場する植物のベスト5は、以下の通りです。

ハギ一四五例　ウメ一三五例　マツ八八例
モミチ八八例　タチバナ八二例

ただし、モミチ（チは清音）は紅葉する植物一般のことで、必ずしも現代のモミジ（カエデの別称）ではないと考えられます。そこで六番目を見ると、ヌバタマ（ヒオウギ）八一例となりますが、サクラは四四例で十位に過ぎません。その点から見ても、上代では〈花＝桜〉ではなかったと言えます。

ハギが野草であるのに対して、ウメは外来植物。したがって、ウメはヤマトコトバではなく、中国語（呉音）そのままのカタカナ語（外来語）です。その辺に自生しているものではありませんでした。にも拘わらず、それが多いのは、一つには、天平二年（七三〇）正月十三日に大宰府で行なわれた梅花宴（『万葉集』巻五・八一五〜八四六。その序文が令和の出典となったことで知られる）が原因です。「梅」の詠まれた歌が三二首あるだけではなく、その後の追和歌（八四九〜八五二）にも詠まれていて、都合三六首が一度に詠まれています。

また、ウメは当時の先進国だった唐の文化を反映したものであって、漢詩の題材でもありました。平城京の貴族たちは自分の邸宅の庭に挙ってウメを植え、それを歌に詠みました。大伴氏の邸宅の庭にもウメが植えられていたことが、大伴旅人の歌（巻三・四五三）によっても知られます。つまり、庭のウメはステイタスシンボルだったと見てよいでしょう。

それに対して、上代のサクラは在来種のヤマザクラでした。現在、私たちがサクラと言っているものの多くはソメイヨシノですが、それは江戸時代に交配された人工的な品種です。クローンなので、一斉に咲きますが、それが華やかな美しさの原因だと言われます。そうしたソメイヨシノと比べれば、ヤマザクラはやや地味です。花見という文化も江戸時代に一般化したものであって、上代にはまだ生まれていませんでした。

Feedback

## 古代の「木国」を歩く

毎年夏休みには、ゼミの学生たちと合同合宿を行なって来ました。主に奈良や明日香で実施されましたが、和歌山市で開催されたこともありました。

合宿の前後に現地を見学することも恒例でしたが、和歌山では伊太祁曽《いたきそ》神社の見学も行ないました。『日本書紀』（神代上・第八段・一書第四）に、日本全土に植樹して、「青山」にしたとされる五十猛命《いたけるのみこと》を祀る神社です。まさに「木国」（紀伊国）のシンボル的な神だと言えます。

和歌山市の中心部から東へ、貴志川線というのどかなローカル線が走っていますが、ある年は、一日乗車券で、その沿線に鎮座する古代文学に関わる神社を巡りました。伊太祁曽神社もその一つです。境内には、『古事記』の神話に因んだ「厄難除け木の股くぐり」もありますが、そこを見学した時には、学生たちも次々とそれを潜り抜けました。しかし、厄除けと言うよりはアトラクションと言った方がよく、十分楽しい経験だったように見えました。

市の中心部、和歌山駅から二つ目は日前宮《にちぜんぐう》駅。日前宮には、三種の神器の一つ、八咫鏡《やたのかがみ》を鋳造したとされる石凝《いしこり》姥《どめ》命が、天照大神を天の石屋戸から引き出すために知恵を働かせた思兼神《おもいかねのかみ》とともに祀られています。紀貫之で知られる紀氏が代々神官を務めて来た神社です。忌部《いんべ》氏の旧記である『古語拾遺』という書物には、石凝姥命が最初に造った鏡は不本意なできだったので、「紀伊国の日前神」としたとされ、改めて鋳造した「美麗」な鏡が「伊勢大神」になったと記されています。そこは紀伊半島の西側にあたり、その東側に位置する伊勢神宮と一対の神社と見做すことができます。伊勢神宮が「美麗」な鏡であるのに対して、日前宮が不本意な鏡だと言うのは、古代の王権の世界観として、日が昇る東が優位の方角であることを示しています。

日前宮から二つ目が竈山《かまやま》駅です。近くに竈山神社が鎮座していますが、そこは『古事記』中巻の神武天皇東征伝承に登場します。大和を目指した神武天皇は、白肩津（現在の東大阪市）で登美能那賀須泥毘古《とみのながすねびこ》の抵抗に遭いました。その時深手を負った五瀬命《いつせのみこと》（神武天皇の兄）がここで没し、竈山に陵が造られたと伝えられています。本殿の背後にある陵が、それであると言われています。

第九日

# 『万葉集』——文人たちの交友



## 1

天平期を代表する文人の一人として、大伴旅人（→補助教材「大伴旅人略年譜」）がいる。『万葉集』に見られるその歌々を見ると、僻遠の地大宰府（福岡県太宰府市観世音寺）で、常に望郷の思いを持ち続けていたことが窺える。しかも、赴任直後に妻を亡くしていた。旅人自身も帰京後半年余りで没しているが、老境に至って、持病もあったのではないか。

我が盛り　いたくくたちぬ
雲に飛ぶ　薬食《は》むとも　またをちめやも　（巻五・八四七）

雲に飛ぶ　薬食むよは
都見ば　いやしき我が身　またをちぬべし　（巻五・八四八）

という歌々を見ると、旅人が霊妙な「薬」の効果に期待していたことが窺える。

## 大伴旅人略年譜

（）内は旅人の年齢

| | |
|---|---|
| 天智四年（六六五） | 出生（1歳）。 |
| 天武元年（六七二） | 壬申の乱（8歳）。 |
| 天武二年（六七三） | 天武天皇飛鳥浄御原宮で即位。 |
| 天武十四年（六八五） | 官人として出仕か（21歳）。 |
| 持統四年（六九〇） | 持統天皇即位（26歳）。 |
| 持統八年（六九四） | 藤原京遷都（30歳）。 |
| 和銅三年（七一〇） | 平城京遷都（46歳）。左将軍正五位上。 |
| 和銅七年（七一四） | 安麻呂、正三位大納言兼大将軍で薨去（50歳）。 |
| 養老二年（七一八） | 家持出生か（54歳）。 |
| 養老四年（七二〇） | 征隼人持節大将軍（56歳）。 |
| 神亀元年（七二四） | 芳野離宮讃歌（60歳）。 |
| 神亀四年（七二七） | 大宰府下向。大宰帥（63歳）。 |
| 天平二年（七三〇） | 帰京。大納言を兼任（66歳）。 |
| | 〈筑紫歌群〉 |
| 天平三年（七三一） | 薨去（67歳）。 |

東大寺（奈良県奈良市雑司町）の正倉院には、「種々薬帳」と呼ばれる薬のリストが残されており、当時の貴族たちが、さまざまな薬物を使用していたことが知られている。その中には麝香や人参（高麗人参）など、現在も漢方薬として使用されているものがある。「くたちぬ」とは、衰えてしまったということ。「雲に飛ぶ薬」とは、身体が軽くなり、やがて仙人になって永遠の命を得る薬のことで、神仙術を説く『抱朴子』（四世紀、晋の時代の書）には、不死を得る仙薬に関する記述もある。「雲に飛ぶ薬」が何を指すのかは不明だが、旅人はそれを飲んだところで若返《をち》ることはないとうたっている。それよりも都を見た方が、「いやしき我が身」も若返るだろうと言う。

当然のことだが、旅人は異郷での死だけは避けたかったのではないかと思われる。それもあってだろうが、望郷の念をうたった歌は枚挙にいとまがない。たとえば、

大宰帥《だざいのそち》大伴卿の冬の日に雪を見て京を憶《おも》へる歌一首

沫雪《あわゆき》の　ほどろほどろに　降り敷けば
奈良の都し　思ほゆるかも　（巻八・一六三九）

という一首がある。「ほどろほどろに　降り敷けば」はまだらに雪化粧する様子。かつて私は奈良に住んでいたが、奈良ではあまり雪が積もらない。しかし、「ほどろほどろ」の「沫雪」は、確かに見たことがあった。「奈良の都し」の「し」（強意の助詞）は、「奈良の都」とそうした「沫雪」との結びつきの強さを示す。大宰府がまだらに雪化粧した時、旅人の意識が「奈良の都」に飛んでいたということだが、私もそれを実感として理解できる。

　また、旅人には次のような歌もある。

帥大伴卿の歌五首

我が盛り　またをちめやも
ほとほとに　寧楽《なら》の京《みやこ》を　見ずかなりなむ　（巻三・三三一）

我が命も　常にあらぬか
昔見し　象《きさ》の小川を　行きて見むため　（巻三・三三二）

浅茅原《あさぢはら》　つばらつばらに　物思へば
古りにし里し　思ほゆるかも　（巻三・三三三）

忘れ草　我が紐に付く

香具山の　古りにし里を　忘れむがため　（巻三・三三四）

我が行きは　久にはあらじ
夢《いめ》のわだ　瀬にはならずて　淵にありこそ　（巻三・三三五）

一首目は、私の盛りの頃にまた戻ることなどどうしてあろうか、ほとんど奈良の都を見ずに終わってしまうのだろうか、の意。ここでも「をちめやも」とうたっているが、「をち」は若返ること。『万葉集』では「変若」と表記されることもある。

二首目の「象の小川」は、吉野離宮（奈良県吉野郡吉野町宮滝）近くの吉野川の支流である。『懐風藻』に見られる藤原不比等（六五九〜七二〇）の「吉野に遊ぶ」という詩（三二）では、吉野は神仙境（仙人の住む不老長生の世界）に擬せられている。

持統天皇（六九〇〜六九七在位）がたびたび吉野に行幸（第七日・第八日参照）した頃、旅人は二十代から三十代だった。その頃、どのような官職に就いていたのかの記録はないが、大伴氏は伝統ある武人の家柄であった（第八日参照）。『古事記』の天孫降臨神話では、大伴氏の祖先神である天忍日命《あめのおしひのみこと》が天孫を先導したと伝えるが、行幸の際、旅人は天皇の乗る輿を先導し、油断なく警備していたのであろう。「あらぬか」の「ぬか」は願望を表わす。したがって、あってほしい、の意。その小川を見るため、我が命も永遠であってほしいという一首である。

三首目の「古りにし里」は、四首目で「香具山の　古りにし里」だということがわかる。香具山（奈良県橿原市南浦町・第五日参照）は、持統天皇が都を置いた藤原京の中にあった。また、五首目の「夢のわだ」は、吉野離宮近くの吉野川の渕。いずれも、若い時日々目にした懐かしい景観である。

次の歌も、望郷の念が強く現れている。

龍《たつ》の馬《ま》も　今も得てしか
あをによし　奈良の都に　行きて来むため
（巻五・八〇六）

「龍の馬」とは、『芸文類聚』（唐代に成立した類書。奈良時代の文人たちによく利用された）などにも見られるが、ペガサスのように翼を持つ馬のこと。空を飛べると言う。「てしか」は願望を表す助詞。大宰府から遥かに遠い平城京にも、「龍の馬」ならば一気に飛んで行くことができる。旅人は遠い大宰府で、そんな妄想も抱きながら過ごしていたのだ。

## 2

旅人にとって、望郷の念をやり過ごす方法の一つが、歌を詠むことだったのであろう。幸い、下僚にはそのよき理解者となった山上憶良がいた。憶良との交流は、旅人にとって格好の慰めとなったに違いあるまい。また、梅花宴（『万葉集』巻五・八一五〜八四六）が典型だが、宴席で歌を詠むことも楽しみの一つだったと思われる。それでも満たされぬ思いが、都の人々に向けた歌々だったのではないか。梅花宴の三十二首は、使者に託して都の吉田宜《よしだのよろし》に贈られた（巻五・八六四序文）。宜は『懐風藻』にも詩が見られる百済系の人だが、医術に優れていたことが知られる。

藤原房前（六八一〜七三七）にも、次のような書簡が送られている。少し長いが、当時の貴族たちの風雅な交流を知る意味でも、そのまま載せておこう。

大伴淡等謹みて状《まを》す

梧桐の日本琴《やまとごと》一面　対馬の結石山の孫枝なり

この琴夢に娘子に化《な》りて曰はく、「余《われ》根を遥島の崇き巒《みね》に託《つ》け、幹を九陽の休光に晞《ほ》す。長く煙霞を帯びて、山川の阿《くま》に逍遥し、遠く風波を望みて、雁木の間に出入りす。唯百年の後に、空しく溝壑《こうがく》に朽ちむことを恐るるのみ。偶に良匠に遭ひて、散られて小琴と為る。質の麁《あら》く音の少しきを顧みず、恒に君子の左琴を希ふ」といへり。即ち歌ひて曰はく、

いかにあらむ　日の時にかも
音《こゑ》知らむ　人の膝の上　我が枕かむ　（巻五・八一〇）

僕詩詠に報へて曰はく

言問はぬ　木にはありとも
うるはしき　君が手馴《たな》れの　琴にしあるべし　（巻五・八一一）

琴の娘子答へて曰はく

「敬みて徳音を奉はりぬ。幸甚幸甚」といへり。片時にして覚き、すなはち夢の言に感じ、慨然として止黙《もだ》をるを得ず。故に公使に附けて、聊か進御《たてまつ》る。謹みて状す。不具。

天平元年十月七日　使に附けて進上る。

謹通。中衛高明閤下。謹空。

書簡がそのまま歌集の中に取り込まれたものなので、当時の書簡がどのような型式だったのかということを知ることもできる。

この書簡は、対馬の結石山（長崎県対馬市上対馬町）産の青桐で作った「日本琴」を、都の房前に贈るためのものだった。歌はそれに添えたものだが、やや難しいので、現代語訳的な説明をつけておこう。

私、大伴旅人が謹んで申し上げます。梧桐の日本琴一面をお送り致します。

この琴が夢で娘に化して言いました。「私は、根を遥か遠い島の高い山に張り、その幹を太陽の光に曝して来ました。長く雲や霞に包まれ、山川の間に遊び、遠く波風を望みながらも、ものの役に立てるのか否かの間を彷徨っていました。ただ、百年の後に空しく谷底に朽ち果ててしまうことを恐れるばかりでした。たまたま良い匠に出会い、切られて小さな琴となりました。材質が悪く、音も小さいのを顧みず、つねに君子の左に置かれる琴になりたいと願っています」と。そして、うたって言うには、

いったいどのような日や時に、私の価値を知ってくれる人の膝の上を枕にできるのでしょうか。

私はそれに答えて、次の歌をなしました。

ものを言わぬ木ではあっても、あなたは立派な君子が手に慣れ親しむ琴に違いありません。

すると、琴の娘が答えて言うには、「謹んでありがたいお言葉を承りました。幸福の至りでございます」と。しばらくして私は目が覚め、夢の中の娘の言葉に感じ入り、感動の余り黙っているこ

とができなくなりました。そこで公の使節に託して、わずかばかりのものをお手元にお届けする
次第です。

もちろん、右はフィクションだが、この書簡を理解する鍵は、「左琴」という漢語と「音知る」という表現である。君子の嗜みは右書左琴であると言われるが、進呈する琴を「左琴」としたことで、相手の房前を君子と遇したことになる。また、「音知る」は「知音」の故事を踏まえている（『列子』）。春秋時代、伯牙が巧みに琴を奏でると、友人の鍾子期がその心を見事に聞き分けたとする。房前をすばらしい風雅の士と持ち上げていることになろう。『懐風藻』（第十日参照）は、房前の漢詩を三首載せている。房前に漢文の素養があったことは確かだが、社交辞令としても、当然の物言いであろう。

それに対する房前の返信は、次のようなものである。

跪《ひざまづ》きて芳音を承り、嘉懽交深し。乃ち、龍門の恩の、復蓬身の上に厚きを知りぬ。謹みて
白雲の什に和へて、野鄙の歌を奏る。房前謹みて状す。

言問はぬ　木にはありとも
我が背子が　手馴れのみ琴　地に置かめやも　（巻五・八一二）

謹通。嘉門。記室。

十一月八日　還る使の大監に附す。

概ねひと月後。『延喜式』（主計上）によると、平安京から大宰府までは「海路卅日」とされている。平城京からでもほとんど違いはないので、房前は旅人の書簡を受け取ると、すぐに返事を認めたとい

うことになろう。

跪いて御手紙を拝読し、嘉みし喜ぶ心はこもごも深いものがあります。すなわち知りました、ご高徳（旅人のこと）の恵みが、この卑しい身に厚いことを。あなたを恋い慕うことは、常の心の百倍ほどです。謹んで遥か遠く白雲の運ぶ詩編に答えて、野卑な歌を申し上げます。

　ものを言わぬ木ではあっても、あなたの手に馴染んだ琴を粗末には扱いません。

謹んで尊貴のあたりへお送り申し上げます、と結んでいる。

全体に謙譲の姿勢で貫かれてはいるが、漢文は型通りであり、その歌はやや素っ気ないようにも見える。

## 3

この書簡についてはさまざまな説があるが、旅人の大宰府への赴任は左遷であったとする前提で説かれることが多い。

律令時代の大伴氏は、斜陽氏族と見られていた。一方、神亀元年（七二四）二月、藤原不比等（六五九〜七二〇）の血を引く聖武天皇の時代となってからはとりわけ、藤原氏の勢いが増していた。したがって、これは旅人の藤原氏に対する阿《おもね》りを含む敗北宣言であり、帰京を実現させるための猟官運動であるとする見方は、現在も有力な説である（鉄野昌弘『大伴旅人』吉川弘文館・二〇二一）。

この年、天平元年（七二九）の二月には長屋王（天武天皇の孫。六八四〜七二九）の変があり、王は自ら毒を呷って果てた（第十五日参照）。その結果もあって、八月には不比等の娘の光明子（七〇一～七六〇）が聖武天皇の皇后となっている。臣下の娘の立后は、仁徳天皇の皇后磐之媛《いわのひめ》に前例はあるものの、それは伝承の世界のことであり、確たる歴史的事実と言えるものではない。極めて異例のことだった。この書簡を認めた十月には、遠い大宰府にも変の情報が届いていたことだろう。

房前は、聖武天皇の祖父にあたる藤原不比等の次男であり、平安時代に隆盛を極めた藤原北家の祖となった人物である。この時は正三位で参議。正三位大納言の兄武智麻呂《むちまろ》とともに、台閣の一員だった。旅人の死の直後には、三男宇合《うまかい》と四男麻呂が参議となり、不比等の四子が台閣に顔を揃えた。それ以前の台閣は、有力豪族の代表者の合議体だったが、以後、藤原氏が圧倒的な力を持つようになる。

この書簡を送った時、房前は四十九歳、対する旅人は六十五歳だった。素っ気ない歌に見えるのは、単に年長者に対する社交辞令に過ぎなかったからか。やはり、いかにも型通りのお礼の歌にしか見えない。旅人の敗北宣言であり、猟官運動だと言われるのも、諾なるかなと思われる。

『万葉集』の研究は、時代によって大きく変わって来た。短歌革新運動を行なった正岡子規（一八六七～一九〇二）によって『万葉集』が見直され、明治三十年代に国民歌集となってからは、アララギ派の歌人たちを中心に、鑑賞が研究でもあった時代が続いた。

しかし、大正時代の末には、佐佐木信綱（一八七二～一九六三）を中心に『校本萬葉集』が作られた。知られる限りの写本を校合し、厳密な本文校訂が行なわれるようになってからは、その研究も実証的なものになって行った。

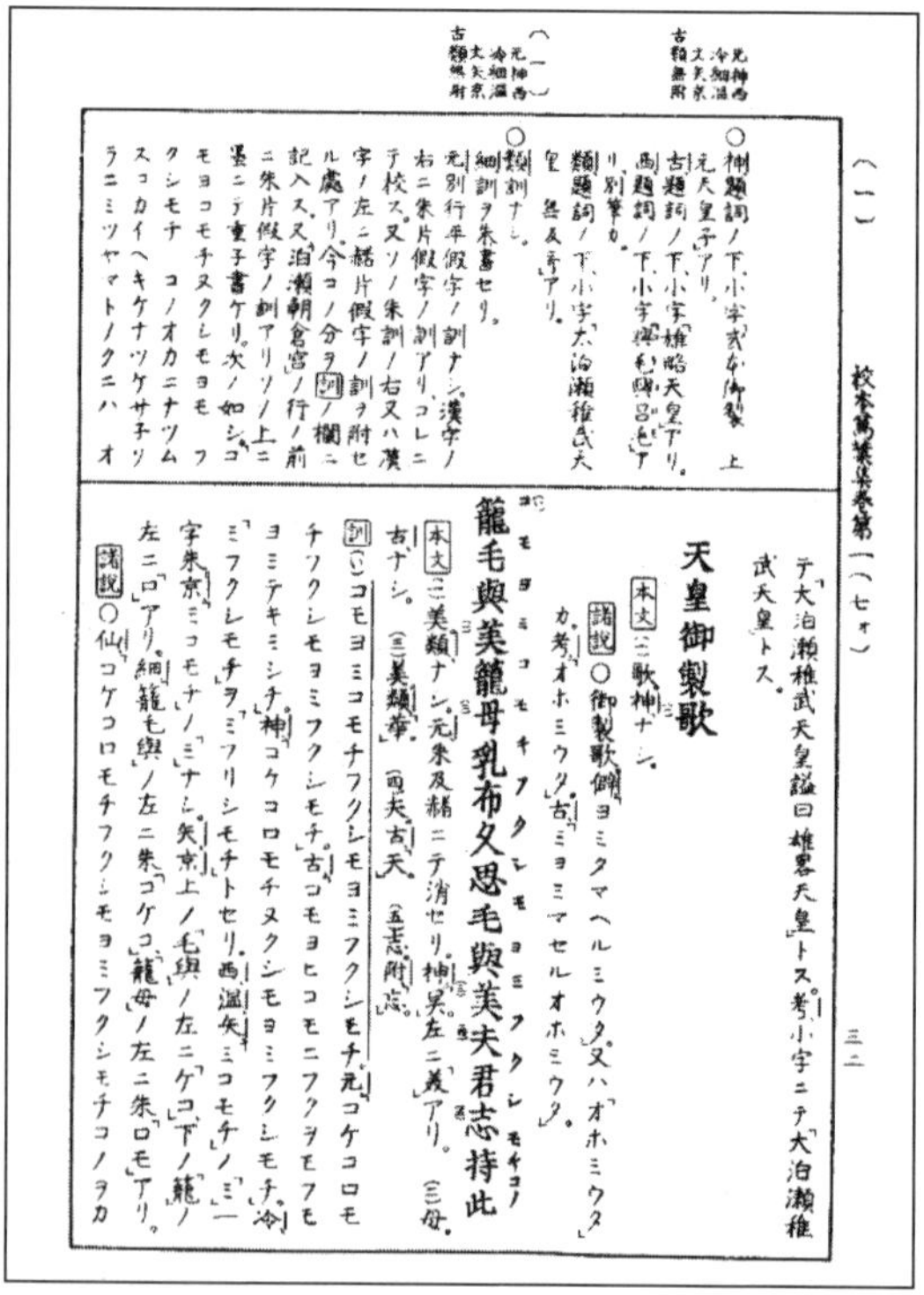
校本萬葉集巻第一（七オ）　三二

（一）
○標題詞ノ下、小字「武本御製」上
元「天皇子」アリ。

古「題詞ノ下、小字「雄略天皇」アリ。

西「題詞ノ下、小字「雄略天皇御製」アリ。
リ、別筆カ。
類「題詞ノ下、小字「大泊瀬稚武天皇　御製」アリ。
○類「訓ナシ。
細「訓ヲ朱書セリ。

元「別行平假字ノ訓ナシ。漢字ノ右ニ朱片假字ノ訓アリ。コレニテ校ス。又ソノ朱訓ノ右又ハ漢字ノ左ニ紺片假字ノ訓ヲ附セル處アリ。今コノ分ヲ訓ノ欄ニ記入ス。又「泊瀬朝倉宮」ノ行ノ前ニ朱片假字ノ訓アリソノ上ニ墨ニテ重子書ケリ。次ノ如シ。コモヨコモチヌクレモヨモフクシモチ　コノオカニナツムスコカイヘキケナツケサネツラニミツヤマトノクニハオ

テ「大泊瀬稚武天皇諡曰雄略天皇」トス。考、小字ニテ「大泊瀬稚武天皇」トス。

天皇御製歌

本文（一）歌、神ナシ。
諸説 ○御製歌、僻ヨミクマヘルミウタ。又ハ「オホミウタ」カ。考オホミウタ。古「ミヨミマセルオホミウタ」。

籠毛與美籠母乳布久思毛與美夫君志持此

本文（二）美籠、類ナシ。元、朱及紺ニテ消セリ。神、京「左ニ「美」アリ。（三）母、古ナシ。（三）美籠、類「夫」。（四）夫、古「天」。（五）志、附「忘」。

訓（一）コモヨミコモチフクシモヨミフクシモチ。元「コケコロモチフクシモヨミフクシモチ」。古「コモヨヒコモニフクヲモフモヨミテキミシチ」。神「コケコロモチヌクシモヨミフクシモチ」。冷「ミフクレモチヲ」。「ミフリシモチトセリ。西、温、矢「ミコモチノ」。「ミ」一字朱。京「ミコモチノ」。「ミナシ」。矢、京、上ノ「毛與」ノ左ニ「ケコ」、下ノ「籠」ノ左ニ「ロ」アリ。細「籠毛與」ノ左ニ朱「コケコ」、「籠母」ノ左ニ朱「ロモ」アリ。

諸説 ○仙「コケコロモチフクシモヨミフクシモチコノヲカ

『校本萬葉集』巻一の冒頭、雄略天皇御製の一部。写本による本文と訓の違いが一覧できる。

とは言え、戦前は記紀が神聖な書物とされ、神話が歴史とされた時代だったので、歴史的事実に即した研究は難しかった。しかし敗戦によって、天皇制のタブーから解き放たれたことで、歴史社会学派と呼ばれる人たちの活躍が始まった。『万葉集』を歴史の流れの中に位置づけ、その歌々を解釈しようとしたのだ。

私には、旅人の日本琴の歌を、新興貴族の藤原氏対伝統的氏族の大伴氏という対立軸の中で捉えようとすることは、戦後の歴史社会学派の残滓のように見える。戦後三十年を過ぎた頃には、すでにそうした反省の上に立って、古代的な論理によって歌を理解しようとする研究が動き始めていた。

　平成の約三十年間も過ぎ去った今、研究者たちの間では、政治史の動きと歌の読みを直結するような方法は、もはや過去のものとなっている。私は昭和の終わり頃、敗北宣言とする説に異を唱える論文を書いたことがあったが、今もやはり、社交の歌の表現の論理を明らかにする方向で考えた方がいいと思っている。

## 4

　天平期、宴席は一つの文化として定着していた。『万葉集』には数多くの宴席歌が見られ、社交の場の歌の様式も成熟して来ている（梶川信行『万葉集の読み方　天平の宴席歌』翰林書房・二〇一三）。碁盤の目のような条坊制の都であった藤原京や平城京では、真四角な人工的空間の中に庭園が造られ、さまざまな植物が植えられていた。現在で言えば、ガーデニングのようなことが行なわれていたことも知られている（東茂美『東アジア万葉新風景』西日本新聞社・二〇〇〇）。とりわけ、唐からもたらされたウメは、こぞって貴族の庭園に植えられた。『万葉集』には、自分の庭のウメをうたう例が多く、あたかもステイタス・シンボルのようなものだったと見られる。そうした中で、梅花宴のような大陸的な教養を基にした社交の文化が花開いたのである。

　しかし、梧桐の日本琴に関わる歌は、もう一段上のステージへと飛躍している。単に歌のやり取りをしただけではなく、漢文によって、幻想的な架空の物語を添えたのである。しかも、大陸的な教養である「左琴」と伝統的な「日本琴」のコラボである。それを文書に認め、大宰府と平城京という遠距離間で、その時代なりの通信手段を用いて行なった。実に新しい文学の型式だったと言えよう。

旅人は養老四年（七二〇）三月、征隼人持節大将軍として、隼人の反乱の鎮定に九州に下っている。国際的な玄関口である大宰府は、外交と国防の拠点でもあったので、大伴氏の棟梁が九州に派遣されるのは、決して不自然な人事ではあるまい。延喜元年（九〇一）、菅原道真が大宰府に飛ばされた時は、大宰権帥《だざいのごんのそち》という何の権限もない形式的身分に過ぎなかったが、旅人は実権を与えられていた。ただ、改めて僻遠の地に赴任するには、年を取り過ぎていたと言うべきか。

旅人は大宰府で、活発な創作活動を行なった。『万葉集』にはたくさんの歌が残され、それを「筑紫歌壇」と呼ぶ人もいる。文人肌だったのであろうが、前向きに生きたと見てよいだろう。宴席での歌々だけではなく、新しい試みも行なったが、それが書簡による文雅の交流だった。

旅人は漢籍の知識が豊富だったと見られるが、房前も、それに応えられるだけの教養を備えていた。もちろん、旅人が主導したものだが、彼らは和と洋（この場合は唐）の組み合わせによって、新しい文学の世界を創ったのである。

## 大宰府・大宰帥

現在の地名は福岡県太宰府市ですが、古代の役所名は大宰府です。多くの学生が間違えていましたが、これは官位令《かんいりょう》や職員令《しきいんりょう》に見られる正式名称です。その長官は帥《そち》。「師」ではありません。「帥」は率いる、従えるという意味の漢字です。帥は正三位という高い身分で、地方官としては最上位でした。大宰府という役所はそれほど重要だったということです。

職員令によれば、大宰帥は単なる行政職ではなく、勧農・徴税・警察・軍事・裁判などを含む広範な権限を持つ重要なポストでした。九州全体を統括する立場でしたが、海外からの玄関口だったこともあって、外交も重要な職務の一つでした。

大伴旅人の大宰府下向を左遷と見る研究者が多いのですが、本当にそうだったのでしょうか。たとえば菅原道真は権帥《ごんのそち》で、何の権限も持ちませんでした。律令の中に権帥というポストはなく、それは定員外に権《かり》に置いた地位でした。しかし、大伴旅人は実権のある大宰府の長官でした。したがって、その赴任が左遷であったという理解は、必ずしも正しくないと思われます。

菅原氏は、葬儀などを担当した土師氏の流れを汲む氏族で、多くの学者を輩出した儀式典礼の家でした。それに対して、大伴氏は天孫降臨の際に、天孫瓊瓊杵尊《ににぎのみこと》を先導したと伝えられる天皇の親衛隊のような武人の家柄でした。九州で反乱があった時にも、旅人は持節大将軍として、その鎮圧に向かっています。つまり、菅原氏とは違って、大伴氏は国防の拠点でもあった北九州に赴任するにふさわしい氏族だったと言えます。

## 寺社の向きについて

極楽往生を願うことが普通だと思っていたので、薬物の服用によって不死を求めることが行なわれていたということが意外だったと、Blackboard に書いた学生がいました。しかし、それは『源氏物語』など、平安時代の事例を基にそう考えたのではないでしょうか。この点について、私は門外漢なので、あまり詳しいことは知りません。そこで、極楽往生については仏教辞典などに譲ることとして、一つだけ述べておきたいと思います。

それは寺院の向きの問題です。たとえば、宇治の平等院（九世紀頃の創建と言われます）の鳳凰堂は東向きに建てられています。本尊の阿弥陀如来に対して、西方浄土に往生できますようにと祈る形ですが、その時私達は西を向いて仏像を拝むことになります。私の経験の中でのことに過ぎませんが、京都の寺院は東向きが多いように思われます。とりわけ浄土信仰の寺院の多くは東が正面であって、西方浄土を拝む形が一般的です。

一方、奈良の寺院の多くは南向きです。深い理由は知りませんが、奈良県葛城市にある当麻寺《たいまでら》が、伽藍配置の中にその歴史的変化が残されていて、とても興味深いと思います。この寺院は推古天皇二十年（六一二）の創建と言われますが、もともと北から南へ、講堂・金堂と東西二つの塔が並ぶ薬師寺型の伽藍配置でした。南が正面です。

ところが、浄土信仰の広がりとともに、東向きの本堂（現存の本堂は永暦二年（一一六一）の建立だそうです）が建てられました。その本堂には、中将姫（右大臣の藤原豊成の娘だが、継母に虐待される。謡曲・浄瑠璃・歌舞伎などで知られる）が蓮の糸で編んだと伝えられる曼荼羅が安置されています。有名な国宝當麻曼荼羅です。それを拝むために、人々は東側の山門を潜り、講堂と金堂の間を進んで、本堂でその曼荼羅を拝むのです。すなわち、動線が南北から東西に変わったのです。それが現在も、一つの敷地の中に残っている点が、とてもおもしろいと思います。

伊勢神宮は、古代は天皇だけの神であって、勝手に参拝することは天皇の大権を奪うこととされ、死罪となりました。しかし、江戸時代には「おかげ参り」と言って、全国の人々が参拝するようになっていました。神も仏も、時代によって信仰の形態が異なるのです。

国語科教育法の授業を受講している学生たちの中に、「古典常識を教えたい」と言う学生がよくいます。しかしこれは、文語文法という、たった一つの物差しで、上代から近世までの作品を理解しようとする学習法の弊害でしょう。いったい何を「古典常識」と考えているのでしょうか。『万葉集』と『奥の細道』は、千年ほども隔たっています。どの時代の作品かによって、常識は異なるのです。

不死を求めるのか、極楽往生を求めるのかということも、時代によって違いがあります。神社やお寺に参拝する時には、創建の時期などとともに、ぜひその向きにも関心を持って下さい。

第十日

# 『懐風藻』——東アジアの共通言語

## 1

漢詩集の『懐風藻』には、天平勝宝三年（七五一）十一月という序がある。そこには、その編纂目的について、

余が此の文を撰ぶ意は、将に先哲の遺風を忘れざるが為なり。故に懐風を以てこれに名づく。

と記されている。すなわち、昔の賢者の教えを忘れないために、その風儀を懐かしむのだとする。「藻」は、美しい文章の意。しかし、中唐以前の中国の詩集に「藻」と称するものはないと言う。『懐風藻』は、石上乙麻呂《いそのかみのおとまろ》（?～七五〇）が『銜悲藻《かんぴそう》』（悲しみを含む詩集の意）という詩集を編んだことを伝えるが、この書名はそれに習ったものだとする説がある。

序文の内容で注目すべきことの一つは、近江大津宮（滋賀県大津市錦織）が都であった天智天皇の時代（六六七～六七二）に対する懐旧の念を述べ、その治世を称賛していることである。そこでは学問が重視

され、さまざまな制度が創設されたと言う。天下が繁栄し、宮中では余暇が多くなった。そこで天皇は、しばしば文学の士たちを招いて、詩宴を催した。天皇は臣下に文章を示し、賢臣たちは天皇を称賛する詩を献上した。そこで作られた優れた文章や詩は百篇程度ではなかった。しかし、壬申の乱（第三日参照）でことごとく灰になってしまったと述べている。消滅してしまった詩文に対して、この序文の筆者は心を痛めたのだと言う。すなわち、文運の興隆した時代として、天智天皇の代を特記しているのである。

『懐風藻』を編纂した人物については、序文に署名がなく、不明と言うしかない。葛井広成《ふじいのひろなり》（生没年不明。百済系渡来氏族の出）、石上宅嗣《いそのかみのやかつぐ》（七二九〜七八一）、藤原仲麻呂（七〇六〜七六四）などもその候補者とされるが、淡海《おうみの》三船《みふね》（七二二〜七八五）とする説がもっとも有力である。

『続日本紀』延暦四年（七八五）七月条、三船の卒伝（死亡記事）によれば、三船は大友皇子（六四八〜六七二。天智天皇の子）のひ孫。天智天皇の血を引く人だった。

三船は性識聡敏にして群書を渉覧し、尤も筆札好む。

と評されている。また、『続日本紀』天応元年（七八一）六月条の石上宅嗣の薨伝にも、

宅嗣と淡海三船とを文人の首とす。著せる詩賦数十首、世に多く伝誦す。

とされている。当代を代表する文人として、宅嗣とともに高い評価を受けていたことが知られる。

宝亀三年（七七二）には大学頭（大学寮の長官）で、文章博士を兼ねている。勅撰の漢詩集『経国集』に漢詩五首が見え、宝亀十年（七七九）には、鑑真和上が日本に戒律を伝えた経緯を記した『唐大和上

東征伝』（鑑真和上の事績）を著している。また、歴代天皇の漢風諡号も三船の撰とする説が有力である（第三日参照）。

## 2

『懐風藻』には、以下のような六四人の漢詩が収録されている。五言詩（四句体一八首、八句体七二首、その他一九首）を中心とした一一六首（写本により誤差がある）である。

| | | | |
|---|---|---|---|
| 大友皇子 | 二首・伝 | 河島皇子 | 一首・伝 |
| ◎大津皇子 | 四首・伝 | 釈智蔵 | 二首・伝 |
| 葛野王 | 二首・伝 | 中臣大島 | 二首 |
| 紀麻呂 | 一首 | ◎文武天皇 | 三首 |
| 大神高市麻呂 | 一首 | 巨勢多益須 | 二首 |
| 犬上王 | 一首 | 紀古麻呂 | 二首 |
| 美努浄麻呂 | 一首 | 紀末茂 | 一首 |
| 釈弁正 | 二首・伝 | 調老人 | 一首 |
| 藤原史 | 五首 | 荊助仁 | 一首 |
| 刀利康嗣 | 一首 | 伊与部馬養 | 一首 |
| 大石王 | 一首 | 田辺百枝 | 一首 |

大神安麻呂　一首
山前王　一首
安倍首名　一首
中臣人足　二首
道首名　一首
山田三方　三首
吉智首　一首
越智広江　一絶
◎背奈王行文　二首
◎刀利宣令　二首
田中浄足　一首
◎安倍広庭　二首
百済和麻呂　三首
◎吉田宜　二首
大津首　二首
◎藤原宇合　六首
丹墀広成　三首

石川石足　一首
采女比良夫　一首
◎大伴旅人　一首
大伴王　二首
境部王　二首
息長臣足　一首
黄文備　一首
◎春日蔵老　一絶
調古麻呂　一首
下毛野虫麻呂　一首
◎長屋王　三首
紀男人　三首
守部大隅　一首
箭集虫麻呂　二首
◎藤原総前　三首
◎藤原万里　五首
高向諸足　一首

| | | | |
|---|---|---|---|
| 釈道慈 | 二首・伝 | ◎麻田陽春 | 一首 |
| 塩屋古麻呂 | 一首 | 伊支古麻呂 | 一首 |
| 民黒人 | 二首 | 釈道融 | 五首・伝 |
| ◎石上乙麻呂 | 四首・伝 | ◎葛井広成 | 二首 |

右のうち、網掛けの一七人（全体の約二七パーセント）が渡来系氏族の出身者で、併せて二七首の漢詩が収録されている。不明の者もいるが、背奈王行文は高句麗系、百済和麻呂・吉田宜・麻田陽春・葛井広成らは百済系、田辺百枝は漢系である。

また、◎を付したのは、『万葉集』に歌が載る人。それは一六人（二五パーセント）に過ぎず、大伴旅人を除き、そこに『万葉集』を代表する歌人たちの姿はない。奈良時代の日本は、東アジアの漢字文化圏の中の律令国家だったが、その中ではやはり、ヤマトウタよりも漢詩の方が重視されていたということであろう。なお、「伝」としたのは、作者に関する伝記が付されている人である。

作者は近江朝（六六七〜六七二）の大友皇子以後、天平期（七二九〜七四九）までに活躍した人たち。八十年ほどの期間に作られたものだが、それを次のように時代区分する説がある。

第一期　近江朝まで

その序文によれば、文運が興隆し、漢詩は百篇以上あったが、壬申の乱によって焼失し、ほとんど残っていないと言う。大友皇子の詩のみ。

第二期　壬申の乱〜養老以前

大津皇子・大神高市麻呂・藤原史（不比等）など。侍宴や応詔詩が多い。

第三期　長屋王時代（養老～天平初年）

長屋王邸の作宝楼《さほろう》の詩宴には、数多くの文人や新羅の使人などが参加した。

第四期　天平初年～天平勝宝三年まで

長屋王の死後である。藤原房前・藤原宇合・藤原万里（麻呂）などの官僚たち。

この時代区分には異説もあるが、長屋王《ながやのおおきみ》（六八四～七二九）邸における詩宴を重視する点では違いがない。長屋王は、壬申の乱の功労者高市皇子（六五四～六九六）の子。神亀元年（七二四）二月、正二位左大臣となっている。『万葉集』にも五首の歌が載るが、天平元年（七二九）二月、藤原氏の策謀によって自殺に追い込まれた。しかし、『続日本紀』天平十年（七三八）七月条には、それは「誣告」（虚偽の訴え）によるものであったと明記されている。その経緯については、『日本霊異記』（中巻・第一縁）の説話も伝えていて、当時の人々にとって、記憶に残る衝撃的な事件であったことが窺える（第十五日参照）。

長屋王は、奈良時代の詩壇の最大の庇護者だった。「作宝楼」と呼ばれた佐保（平城京の高級住宅街で、大伴氏の本家など、高官の邸宅が軒を連ねていた）の邸宅における詩宴には、多くの文人が集まったが、そこでは新羅（七世紀後半に朝鮮半島を統一した国）の使節との詩を通じた交流も見える。詩数は二〇篇ほど。中には詩序を付したものも見られる。これらの作品群は、上代詩史の中で特筆すべきものとして高く評価されている。

なお、長屋王の邸宅は、昭和の終わり頃、奈良市二条大路南で百貨店（現在は総合ショッピングセンターになっている）を建設する際、事前の発掘調査の際に出土した木簡によって確認された。四町（約六万七千平米）に及ぶ豪壮な邸宅跡である。しかし、そこが「作宝楼」であったかどうかは断定できない。

## 3

『懐風藻』の本文は、「淡海朝大友皇子」から始まる。収録された漢詩は二首に過ぎないが、詳しい伝記があって、その人となりを知ることができる。頑健な体を持ち、立派な風采だったとされ、

> 皇太子は、淡海帝の長子なり。（中略）皇子は博学多通にして、文武の材幹有り。始めて万機を親《みづか》らにす。群下畏服し、粛然たらざるは莫し。年廿三。立ちて皇太子と為る。広く学士、沙宅紹明、塔本春初、吉太尚、許率母、木素貴子等を延きて、以て賓客と為す。太子は天性明悟、つねに博古を愛す。筆を下せば章を成し、言を出せば論と為す。時に議する者は其の洪学を嘆く。（中略）
> 壬申の年の乱に会ひ、天命を遂げず。

と記されている。ややほめ過ぎのようにも見えるが、それには理由があろう。

ここでは、わざわざ「淡海朝大友皇子」とし、「皇太子は、淡海帝の長子」としている。『日本書紀』は壬申の乱を重視していた（第四日参照）が、当然、大海人皇子《おおあまのみこ》を「東宮」（皇太子のこと）と呼んでいる。天智天皇の後継者として、どちらが正統であるかという点において、立場が違っているのだ。もちろん、それが壬申の乱の原因でもあるのだが、『懐風藻』は敗死した大友皇子を「皇太子」とする立場を取っている。編者と見られる淡海三船は大友皇子のひ孫とされ、天智天皇の血を引く人であった。「淡

海朝」を擁護する姿勢に見えるのは、そうした理由に拠るのであろう。

もう一つ注目しておかなければならないことがある。「広く学士」たちを招いて「賓客」としたとしているが、ここに名のある五人はいずれも百済人だということである。天智天皇による近江遷都は、白村江における敗戦の後、国防上の理由で実施されたと見るのが通説である。私は必ずしもそうした見方に賛成ではないが、国が滅んだことで百済の遺臣たちが大挙して亡命して来たことは事実である。『日本書紀』天智天皇十年（六七一）正月条には、百済人の鬼室集斯を学職頭（式部省大学寮の長官）に任じたのをはじめとして、明法・兵法・薬・五経・陰陽などの知識を持った者たちを、天智は篤く待遇している。つまり、大友皇子の学識も、そうした中で磨かれたものであったと考えられる。

その詩を一首だけ紹介しておこう。

五言。宴に侍る。一絶。

皇明日月と光り、帝徳天地と載す。

三才並びに泰昌、万国臣義を表す。

（天皇の光明は日や月のように照り輝き、帝の徳は天と地に等しい。それゆえ天・地・人の三才は安泰で繁栄し、万国の使者は臣下の礼を表している）

天皇主催の宴では、『万葉集』でも天皇を称え、忠誠心を表明する歌が献上される。これはまさに、そうした儀礼的な詩だが、この詩が『懐風藻』の巻頭に載せられていることには、意味があるものと思われる。序文が近江朝に対する懐旧の情に彩られていることと符節を合わせ、天智天皇を称える詩

## 系図　天武天皇を中心に

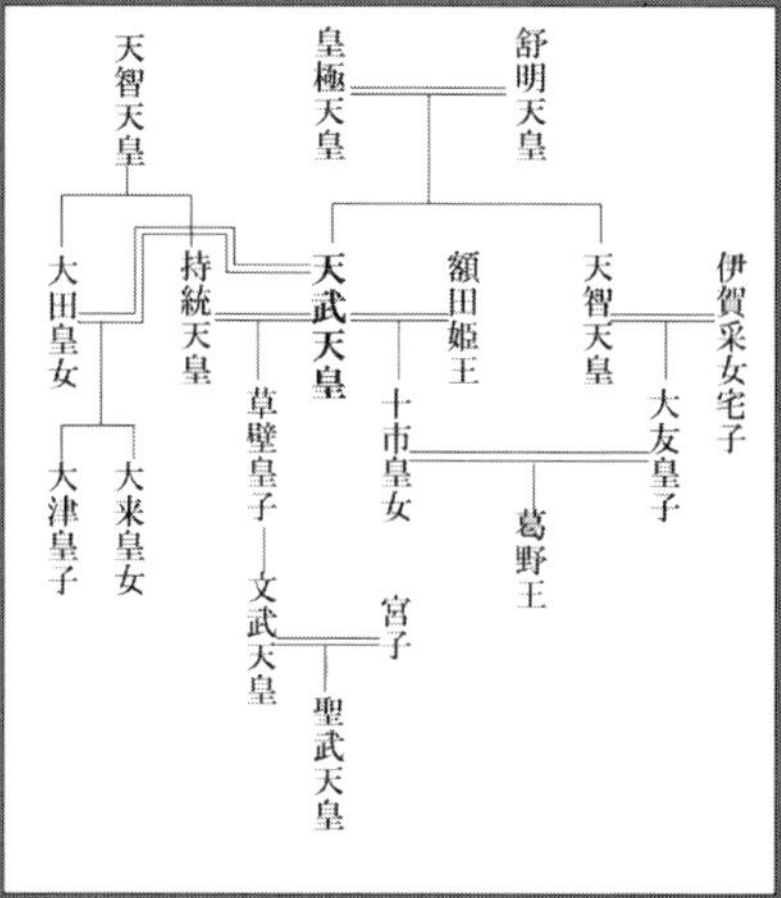


だからであろう。

### 4

『懐風藻』がどのような立場の漢詩集かということを知る上で、大津皇子（六六三～六八六）の詩にも注目しておく必要がある。ここでも、まずはその伝記を見ておこう。大友の伝記と似ているが、

> 皇子、浄御原帝の長子なり。状貌魁悟、器宇峻遠なり。幼年にして学を好み、博覧にして能く文を属る。壮に及び武を愛す。多力にして能く剣を撃つ。性頗る放蕩にして、発度に拘らず、節を降して士を礼し、是に由りて人多く付託す。

とされている。皇子は天武天皇の長子。立派な身体を持ち、器量が大きく、幼い頃から学問を好んで、文武両道にわたって優れていた。すこぶる自由人で規則に拘らなかったが、礼節をわきまえていたので、人望があったとしている。

ところが、その器量の大きさのゆえに奸臣に唆され、

　遂に不軌を図る。嗚呼惜しい哉。（中略）卒《つひ》に戮辱《りくじょく》を以て自ら終ふ。（中略）時に年廿四なり。

と、謀反を企ててしまった（第四日参照）。その結果死罪となり、天寿を全うできなかったことを伝えている。壬申の乱に勝利して王権を勝ち取った天武天皇を常に支えて来た持統天皇は、自身の息子の草壁皇子（六六二〜六八九）に皇位を継がせたかったが、そのもっとも有力な競争相手が大津皇子だったのである（→**補助教材「系図　天武天皇を中心に」153頁**）。「戮辱」は屈辱の意。非業の死を遂げたことを惜しんでいる。

大津の詩は四首載せられている。「春苑の宴」の詩もあるが、やはり絶唱とも言うべき次の一首を紹介しておこう。

　五言。臨終。一絶。

金烏《きんう》西舎に臨み、鼓声《こせい》短命を催す。
泉路に賓主無く、此の夕《ゆふへ》誰が家に向ふ。

（太陽は家々の西の壁を照らし、時を告げる太鼓の音は私の短い命をさらに急き立てる。黄泉国への道には客人も主人もなく、この夕方誰の家に向かうことになるのか）

皇子が刑死に臨んで詠んだ詩とされる。五言絶句。無韻の詩である。「金烏」は太陽のこと。「鼓声」は時を知らせる太鼓の音で、「泉路」は黄泉国への道。「賓主」は客を迎える主人の意である。

また、『万葉集』には短歌が四首ある。その中には、巻三「挽歌」の一首として、

磐余池推定地。『万葉集』の磐余は「角さはふ磐余」と詠まれ、なぜか挽歌に例が多い。

大津皇子の死らしめらえし時に、磐余《いはれ》の池の陂《つつみ》にして涕《なみた》を流して作りませる御歌一首

百伝《ももづた》ふ　磐余の池に　鳴く鴨を
今日のみ見てや　雲隠りなむ　（巻三・四一六）

という辞世の歌と見られるものがある。「百伝ふ」は、「磐余」（奈良県橿原市東池尻町）のイを導く枕詞とされる。また「雲隠り」は、死ぬこと。あえて「死」という語を使わないのが「挽歌」の通例であり、敬避表現と言われる。辞世の詩と歌があるというのは不自然だとする説もある。したがって、大津の実作ではなく、後世の仮託の歌だとする説も説得力を持つが、いずれにせよ、大津皇子の悲劇は後世に語り継ぐべきものと考えられていたのであろう。

なお、平成二十三年（二〇一一）十二月、奈良県橿原市東池尻町で磐余の池の堤の跡（上の写真）が発見されたと、発掘調査をした橿原市教育委員会が発表している。『万葉集』の大津皇子の歌が後世の仮託であるとしても、

「磐余の池」は確かに実在したということになろう。

## 5

『懐風藻』を読む上ではやはり、長屋王の詩を外すわけには行かない。「左大臣正二位長屋王三首年は五十四」とされている。その中から、新羅使を「作宝楼」に迎え、漢詩を詠み合うことを通して、交流した様子を伝える詩を紹介しておこう。

　五言。宝宅に新羅の客をして宴す。一首。賦して烟字を得る。
高旻《かうびん》遠照開き、遥嶺浮煙靄《たなび》く。
金欄の賞を愛すること有るも、風月の筵に疲るること無し。
桂山余景下り、菊浦《きくほ》落霞鮮かなり。
謂《い》ふ莫かれ滄波《さうは》の隔つると、長く為さん壮士の篇。

（高い秋の空には遠くまで太陽の光が輝き、遥かな山並みには霞がかかっている。（今日の宴では）金蘭のように固い友情を約束することになっても、風月を愛でる宴に疲れることはない。桂の香る山は夕焼けして、菊の花の盛りに霞が鮮やかである。どうか海を隔てているなどと言わないで、今暫くこの席で友情の詩を詠もう）

五言律詩で、新羅の客を送る詩宴で披露されたもの。韻は煙・筵・鮮・篇。題詞の下に「賦して烟字を得る」とされているが、それは「烟」という字を与えられて詠んだものであるということ。探韻という方法で詩を詠むゲームであるとされる。ヤマトウタの宴席の場合でも、宴の終わりが近づいた時、主

## 宴席の引き留め歌

客が宴席を辞する場合、主人側は儀礼的にも客を引き留めなければならない。その時、引き留め歌が求められたが、それが宴席における格好の潤滑油となった。

大伴坂上郎女の歌一首

出でて去なむ　時しはあらむを
ことさらに　妻恋しつつ　立ちて去ぬべしや
（巻四・五八五）

安積親王の左少弁藤原八束朝臣の家に宴する日、内舎人大伴宿禰家持が作れる歌一首

ひさかたの　雨は降りしけ
念ふ子が　屋戸に今夜は　明かして行かむ
（巻六・一〇四〇）

内蔵伊美吉縄麻呂の作れる歌一首

うち羽振き　鶏は鳴くとも
かくばかり　降り敷く雪に　君いまさめやも
（巻十九・四二三三）

人側から引き留め歌と言うべき歌が披露されることがある（↓補助教材「宴席の引き留め歌」）。名残を惜しみ、さらに歓を尽くそうというのは、古今東西変わらない社交の場の慣例なのであろう。

「菊」を詠んでいるが、それは九月九日の重陽という節句の日に関わる花である。それを盃に浮かべて飲むこともあるが、菊は仙境や長寿を象徴する。客人たちの無事と長寿を祈っている。それは長屋王の客人たちに対する心遣いである。

この時代、漢字・漢文は東アジアの共通言語であったと言ってもよい。私は中国語を学習したことがないが、韓国で行なわれたある学会の懇親会で、たまたま隣の席に座った中国人の先生と、筆談をしたことがある。その先生も日本語はまったくわからないと書いていたが、それでもある程度意思疎通ができ、二次会も一緒に行った。観光で訪れた台湾で、筆談で買い物をしたこともある。現在でも、漢字は十分共通言語にな

り得る力を持っている。長屋王邸でも、漢字・漢文が共通言語となり、懇親の実を深めたのであろう。

## 6

「をとこもすなる日記といふ物を、をむなもしてみむとてするなり」と書き出される『土佐日記』は、『懐風藻』から二百年ほど後に書かれたものである。しかし、それでも正式な文字（真字）は漢字であり、カナは仮名（仮字）でしかなかった。平安時代の公卿たちの日記は漢文で書かれていた。

平安時代の初め頃には、『文華秀麗集』や『経国集』など、勅撰の漢詩集が編まれたが、『古今和歌集』以後は、和歌の方が一般的になって行った。現在でも、漢詩を作る人はほとんどいないが、読者の短歌を載せない新聞はないと言ってもよいほど、短歌は多くの人に詠まれている。

しかし、奈良時代はやはり漢字・漢文の時代だった。明治時代に、『万葉集』は国民歌集という地位が与えられ、学校教育の中で教材とされたこともあって、上代文学と言えば、『万葉集』がその代表と見做されて来た。しかし、奈良時代の上流階級で教養ある人たちは漢詩を詠んだ。大伴家の家集という性格の色濃い『万葉集』は、宮廷社会の中では、どちらかと言えば、マイナーな文学であったと見た方がよいのかも知れない。

## 『万葉集』はマイナーの作品集だったか

『万葉集』は奈良時代に編纂されたと考えられていますが、奈良時代は漢字・漢文の時代でした。平安時代でも、カナは仮名であって、漢字が真名（真字）でした。

一般的に、大伴氏は守旧的氏族だと言われます。天孫降臨の際、天孫を先導した天忍日命《あめのおしひのみこ》を祖先とし、天皇の側近で警備にあたるのを代々家の業として来ました。平城宮の正面の門、朱雀門は別名大伴門とも言われましたが、大伴氏はそこを守る誇り高い氏族でした。すなわち、武人の家柄でしたが、大伴旅人も九州で反乱があった時には、征隼人持節大将軍として派遣されています。

ヤマトコトバでは、征服することをコトムケと言います。辞書を引くと、「言向け」と書かれていますが、「征服する。服従させる。言をもって背いている者を従わせる意という」（『時代別国語大辞典　上代編』三省堂・一九六七）、「ことばの力によって従わせる」（『岩波古語辞典』岩波書店・一九七四）などと説明されています。つまり、相手を服属させるには、コトバの力が大きかったということですが、そういう意味で大伴氏は伝統的なコトバの家だったとも言えるのです。

そのコトバとは、呪力あるものでなければなりませんでした。日常の言語とは異なる呪力あるコトバですが、祝詞やお経を見てもわかるように、それは古くから言い伝えられて来たコトバ、特別なリズムと抑揚で発せられるコトバでした。歌も本来は声で披露されたものだと説明しましたが、それは定型という特別なリズムと、歌特有の伝統的用語によって詠まれるものでした。つまり、大伴氏という「言向け」を業とする家は、呪力あるコトバに親和性を持つ家柄だったのです。

それに対して律令国家は文字の世界です。もちろん、漢字・漢文を基礎としました。その点では、大伴氏は旧式の文化を拠り所とした氏族だったと言えます。東アジアでは、八世紀なりのグローバル化が進み、漢字・漢文が国際共通語としての役割を果たして行く中で、歌のアンソロジーである『万葉集』が、社会の中心に位置づけられることはなかったと考えられます。また、その編纂者と考えられる大伴家持は、その死後、藤原種継の暗殺事件に関与したとされ、除名された上、その子の永主も流罪となりました。したがって、『万葉集』は官庫に没収され、日の目を見なかったとする説もあります。

平安時代の文学史は和歌が中心でした。江戸時代以前の「和歌」の世界は『古今和歌集』の花鳥風月の世界がお手本でしたが、正岡子規の「歌よみに与ふる書」（一八九八・新聞「日本」紙上に連載）で『万葉集』が称揚されたことで、国学者たちの研究対象だった『万葉集』が、改めて注目されるようになりました。また、明治政府は文化の高い国民国家の建設を目指しましたが、その政策の一環として「古典」という概念が生み出されました。『万葉集』はそこで「古典」の代表となったのです（品田悦一『万葉集の発明　国民国家と文化装置としての古典』二〇〇一・新曜社）。

現代の目から見ると、『万葉集』は日本を代表する「古典」の一つですが、あくまでも奈良時代の文化の中で考えなければなりません。そうすると、『万葉集』がその時代の日本を代表する文学作品だったという答えは出て来ません。

## 言論統制はなかったのか

『懐風藻』のように、敗者の側の歴史が語られていることについて、支配者側からの言論統制はなかったのかと書いた学生がいました。しかし、それは現代の常識に基づく疑問であるように思えます。

天皇が主催する肆宴に参加できるのは、ごく一部の貴族たちに過ぎませんでした。『懐風藻』にも天皇を称える漢詩があり、『万葉集』にも天皇讃歌がありましたが、それは天皇を前にして直接披露されたものであって、声の届く範囲の人しか享受できませんでした。たとえそれを書き取ったとしても、それが広く一般に流布することもありませんでした。したがって、批判が糾弾されることも、声の届く範囲に限られたものと思われます。

『懐風藻』がどこで書かれたのかは不明ですが、仮に反体制的なものであったとしても、原本は一部のみです。筆写されることはあっても、印刷されて広く流布することはありませんでした。したがって、その編者は大丈夫と思える人にのみ見せたのではないでしょうか。上代には、左大臣だった長屋王（?〜七二九）のように、密告者がいて、罪に問われた例もありますが、『懐風藻』は単に天智朝を懐かしんでいるだけであって、その時代の政権を批判しているわけではありません。危険な書物と見られることはなかったと考えられます。

# 第十一日

# 『万葉集』——若き文人たちの雅

## 1

『万葉集』に「橘朝臣奈良麻呂、集宴を結ぶ歌十一首」(巻八・一五八一〜一五九一)という題詞によって伝えられた宴席歌がある。そこには、「以前は、冬十月十七日に、右大臣橘卿の旧宅に集ひて宴飲せるなり」という左注も付されている。それは天平十年(七三八)十月十七日のことである。

『万葉集』の最終的な編纂者と言われる大伴家持をはじめ、当時の若者たちの宴席であり、各自歌を披露し合っている。なかなか見事な展開で、天平期の平城京では、社交の場における交友の歌の世界が十分に成熟していたことを窺わせる。

その宴席の主催者は、橘奈良麻呂。その父は橘諸兄で、天平十年(七三八)当時、正三位右大臣。台閣のトップだった。聖武天皇の信任も篤く、この頃はまさに諸兄の時代だった。家持はその諸兄を、政界の後ろ盾と頼む立場にあった。

奈良麻呂は養老五年（七二一）の生まれ。当時十八歳。この歌群の左注によれば、宴は諸兄の「旧宅」で行われたとされる。今は使われなくなった父の邸宅を宴席の会場として、若い奈良麻呂は一家の主の気分を味わっていたのであろう。

その奈良麻呂によって、文雅を愛する若者たちが平城京の右大臣邸に集められた。この宴席自体は政治的な動きに関わるものではなかったが、家持は大納言であった父旅人を十四歳で亡くしていたこともあって、諸兄・奈良麻呂父子との親交は、大きな安心材料と感じられたことであろう。

## 2

家持の歌を含む「十一首」は、次のような歌群である。

1手《た》折らずて　散りなば惜しと　我が念《も》ひし
秋の黄葉《もみち》を　かざしつるかも　（巻八・一五八一）

2めづらしき　人に見せむと　もみち葉を　手折りそ我が来し
雨の降らくに　（巻八・一五八二）

右の二首、橘朝臣奈良麻呂

3もみち葉を　散らすしぐれに　濡れて来て
君が黄葉を　かざしつるかも　（巻八・一五八三）

右の一首、久米女王

4めづらしと　吾が念ふ君は
秋山の　初もみち葉に　似てこそありけれ　（巻八・一五八四）

右の一首、長忌寸娘《ながのいみきのをとめ》

5奈良山の　峰のもみち葉　取れば散る
しぐれの雨し　間なく降るらし　（巻八・一五八五）

右の一首、内舎人《うどねり》県犬養《あがたいぬかい》宿禰吉男

6もみち葉を　散らまく惜しみ
手折り来て　今夜《こよひ》かざしつ
何をか念《おも》はむ　（巻八・一五八六）

右の一首、県犬養宿禰持男

7あしひきの　山のもみち葉
今夜もか　浮かび行くらむ
山川の瀬に　（巻八・一五八七）

右の一首、大伴宿禰《おほとものすくね》書持《ふみもち》

8奈良山を　にほはす黄葉　手折り来て
今夜かざしつ

散らば散るとも　（巻八・一五八八）

右の一首、三手代人名《みてしろのひとな》

9露霜に　あへる黄葉を　手折り来て
妹はかざしつ
後は散るとも　（巻八・一五八九）

右の一首、秦許遍麻呂《はたのこへまろ》

10十月《かむなづき》　しぐれにあへる　もみち葉の
吹かば散りなむ
風のまにまに　（巻八・一五九〇）

右の一首、大伴宿禰池主

11もみち葉の　過ぎまく惜しみ
思ふどち　遊ぶ今夜は　明けずもあらぬか　（巻八・一五九一）

右の一首、内舎人大伴宿禰家持

「黄葉」（原文通り）は、紅葉した葉のこと。モミツという動詞の名詞形で、上代ではモミチと清音。『万葉集』では秋の景物の代表である。したがって、左注に「冬十月」とあるにもかかわらず、右は「秋雑歌」に分類されている。

この歌群では十一首すべてに「黄葉」が詠まれているが、それをモミチと訓む例と、モミチバと訓まなければならない例がある。『万葉集』のモミチは、「黄色」「黄変」を含め、圧倒的に「黄」で表記される。中国では、六朝時代（後漢の滅亡から隋の統一まで）以来ほとんど「黄葉」と表記されており、その通用字がそのまま日本に輸入されたものと見られている。

次に、「手折る」ということ。植物の枝などを「手折る」ことは決して無粋なことではなく、むしろ風流な行為と見做された。この宴席でも、モミチを「手折る」ことを前提として、歌を詠むことが求められたのだ。

したがって、参会の客人たちも、モミチを手折って持参したと推測する注釈書もある。確かに、三手代人名も「手折り来て」（8）とうたっているが、だとすれば、参会者には予め、この日の趣向が伝えられていたのかも知れない。とは言え、久米女王は「君が黄葉を　かざしつるかも」（3）とうたっている。全員がモミチを用意して来たわけではなかったのだろう。

もう一つは、モミチを「かざす」ことの意味。それは奈良麻呂の提案に基づくこの日の宴の趣向であった（1、2）。久米女王（3）、県犬養持男（6）、三手代人名（8）も、それをうたっている。

一般に「花や木の枝などを折りとって頭にさしたもの。玉をつけることもあった。はじめは、神を招き迎え、幸いを願う、呪的な意味を持っていたが、次第に単なる飾りとなったらしい」（『時代別国語大辞典　上代編』）、あるいは「季節の霊威を宿す植物の花や枝を髪に挿して飾りとすること。非日常の存在となるしるし。宴は祭りに起源をもつから、出席者は、神に等しい位置に立つ」（多田一臣『万葉集全解3』）などと説明されている。もともと呪術的な行為だったが、天平期には風流な遊びとなっていた。

## 3

右の十一首は披露された順に、時間を追って構成されていると考えてよい。家持の歌（11）は、奈良麻呂の歌をはじめとする十首（1〜10）を受けて生まれたものである。したがって、それらとの関係性を十分に見据えないと、一首を正確に捉えることはできない。そこで、奈良麻呂の歌（1、2）から一首一首見て行くことにする。

奈良麻呂の歌は、二首披露されている。それらはホスト役の立場での挨拶歌だが、一見、順番が逆のようにも見える。なぜならば、二首の歌は「かざしつるかも」（1）と「手折りそ我が来し」（2）という行為に集約されるが、それらは時間を遡る形で並んでいるからである。

二首目の歌（2）は、大切なお客様のあなたに見せようと、「もみち葉」をわざわざ手折って来たのです、雨が降っているのに、の意。「めづらしき人」（賓客を言う）は、唯一の皇族である久米女王に違いない。しかし、この日の宴会の趣向を提示し、参会者全員に対して、どうぞ十分に楽しんで下さいと言っているのであろう。久米女王に限定する必要はあるまい。

一方、一首目（1）は、手折らずに散ってしまったら惜しいと思った秋のモミチをかざしたことです、という歌。いきなり色づいたモミチを髪に挿す動作を見せてから、改めてこの日の趣向を説明したことになる。「どうです?」と言って、見せてから、怪訝な表情の客たちに、「実は、今日はこういう趣向です」と、種明かしした形である。客たちは「なるほど」と、表情が和らいだに違いない。そして、この歌の「散りなば惜し」が、この宴席の前半の気分を象徴する表現となる。久米女王の歌（3）は、直ちにその「散りなば惜し」（1）を受けて、「もみち葉を散らす」としている。また、「雨の降らくに」（2）を「しぐれに　濡れて来て」とし、「秋の黄葉を　かざしつるかも」（1）を「君が黄葉を　かざしつるかも」に転換して、一首をなしている。女王は、手渡されたモミチの枝を実際にかざして見せたのであろう。奈良麻呂の二首をきちんと踏まえた上で、客側の挨拶歌としている。おもてなしを喜んで受けております、といった意味でのお礼の歌である。

それに対して、長忌寸娘はホスト役の奈良麻呂を褒めて、客側の挨拶歌としている（4）。奈良麻呂の「めづらしき人」（2）を「めづらしと　吾が念ふ君は」とそのまま返し、奈良麻呂を美しい「初もみち葉」に似ていると持ちあげている。奈良麻呂は、この時まだ十八歳。色づきはじめた「初もみち葉」に擬するにふさわしかった。一方の長忌寸娘の年齢は不明だが、決して年配の女性ではあるまい。久米女王の侍女とする説もあるが、定かでない。いずれにせよ、客側の長忌寸娘からすれば、奈良麻呂こそ「めづらしき人」（心ひかれる人というニュアンス）だということになる。

社交辞令にしても、この二人の女性の返礼の歌で、宴席は和やかな雰囲気に包まれたに違いあるまい。そしてこの四首で、歓迎と参上の挨拶は一段落ついたものと思われる。

続く県犬養吉男の歌（5）は、やや趣を異にしている。この奈良山の峰（168頁の写真。奈良山は峰ではない）のもみち葉は、手に取るとすぐに散ってしまいます、山では今頃、時雨が絶え間なく降っているようです、の意。ラシは根拠ある推量を表すが、「しぐれの雨し　間なく降るらし」と判断した根拠が、

奈良市の若草山からの眺望。真ん中あたりの横長の緑の空間が平城宮跡。右側に広がる低い緑の丘陵地が奈良山。

初句から三句目まで。すなわち、すっかり乾燥した「もみち葉」を見て、秋の深まり（暦の上では冬）を実感し、ここで降る雨も、山では時雨になっているのですね、と判断しているのだ。

太陽暦で言えば、この日は十二月二日（古川麒一郎ほか編『日本暦日総覧　具注暦篇 古代前期』本の友社・一九九四）。まさに時雨の降る季節だったが、モミチの季節が過ぎることを惜しんだ奈良麻呂の歌とは異なり、秋の深まりを肯定的にうたっている。しかし、季節にふさわしい趣向を提案した奈良麻呂に同意する趣であって、これも決して宴の気分を損ねるものではない。

吉男は内舎人とされている。軍防令によれば、二十一歳以上の者が採用された。貴族の子弟が最初に官僚見習いとして得るポストである。この時、吉男が二十代の若者だったことは確実である。

続いて、県犬養持男の歌（6）。一般に吉男の弟と推測されているが、内舎人とはされていないので、持男は任官前であって、まだその年齢に達していなかったということであろう。

二句目の「散らまく惜しみ」が、奈良麻呂の一首目（1）を直接受けたものであることは明らかだが、同時に初句と第二句は、久米女王（3）の初句と第二句を意識したものであろう。「今夜かざしつ何をか念はむ」に集約される一首である。奈良麻呂とともに「黄葉」をかざしたので、何の心残りもありません、といった気持ちである。吉男と同様、過ぎ行く秋を肯定的に受けとめつつ、もてなしに満足していることを示したお礼の歌にほかならない。

大伴書持の歌（7）は、県犬養吉男の歌（5）と同様、奈良麻呂の二首に直接的な形では応じていない。この宴席の場から目を転じ、「山河の瀬」の状態を思い浮かべた一首である。真っ暗な「山河の瀬」に「もみち葉」が「浮かび行く」様子は、実際には見えるはずもないが、イメージの世界としてはなかなか美しい。

この歌群の中では、手折らない「黄葉」をうたった唯一の例だが、それは「花草花樹」（花の咲く草木）を好んだという書持（巻十七・三九五七）らしい歌と言うべきか。モミチの美しい季節が「山河」の流れとともに過ぎ去って行く様子をうたっているが、もちろん、この日の趣向に異を唱えるものではない。そういう意味で、これもこの宴席にふさわしい一首であると見做すことができる。

奈良麻呂は、その日のモミチが「奈良山」のものであるとはうたっていない。しかし、続く三手代人名はそれを「奈良山を　にほはす黄葉　手折り来て」とうたっている（8）。「奈良山」という地名は、県犬養吉男の歌（５）にも見えるが、奈良麻呂の手折ったモミチが奈良山のものだったかどうかは、その歌からでは判断できない。モミチをどこから取って来たのか、歌が披露される合間の会話の中で出たのかも知れないが、この「手折り来て」を人名の動作だと見れば、奈良麻呂とともに人名も奈良山に行き、モミチを手折って来た、ということになろう。

いずれにせよ、「今夜かざしつ　散らば散るとも」は、奈良麻呂の趣向を受け入れ、十分に楽しんだということを表明した歌であって、客側のお礼の歌として適切なものだと見られる。「散る」ことを惜しんだ前半の歌々に対して、これ以後は、もう散ってもよいという気分になっている。十分にモミチを堪能したということであろう。

書持が「山河の瀬」に「浮かび行く」「もみち葉」の美しさをうたったことが、「散る」のを惜しむ歌から、散ってもよいとする歌への転換点となっている。あるいは、「散る」「黄葉」から「奈良山」の「時雨」に気づいた吉男の歌（５）を転換点と見るべきか。明確に区切ることは困難だが、宴席の気分が〈惜しむ〉ことから〈満足した〉状態へと転換したことは間違いあるまい。

こうした歌々に秦許遍麻呂の歌（９）が続いている。もちろん、全体の流れを意識し、散ってもよいとする歌だが、直接的には、人名の歌（８）の表現を受けたものであろう。すなわち、「奈良山をにほはす黄葉」を「露霜に　逢へる黄葉を」と、まずは同じ「黄葉」を別の角度から詠んでいる。そして、三句目にまったく同じ句を置いた後、四句目は「今夜かざしつ」を「妹はかざしつ」と変え、結句の「散らば散るとも」は「後は散るとも」として、一首をなしている。この歌もやはり、奈良麻

## 養老の官位令・衣服令

| | | | | | |
|---|---|---|---|---|---|
| 《上級貴族》 | （深紫） | 正一位 | 従一位 | | |
| （薨） | （浅紫） | 正二位 | 従二位 | | |
| | （浅紫） | 正三位 | 従三位 | | |
| 《下級貴族》 | （深緋） | 正四位上 | 正四位下 | 従四位上 | 従四位下 |
| （卒） | （浅緋） | 正五位上 | 正五位下 | 従五位上 | 従五位下 |
| 《下級官人》 | （深緑） | 正六位上 | 正六位下 | 従六位上 | 従六位下 |
| （死） | （浅緑） | 正七位上 | 正七位下 | 従七位上 | 従七位下 |
| | （深縹） | 正八位上 | 正八位下 | 従八位上 | 従八位下 |
| | （浅縹） | 大初位上 | 大初位下 | 少初位上 | 少初位下 |

呂のもてなしを十分に堪能し、満足したことを述べたお礼の歌だと考えてよい。

この「妹」が誰を指すのかは不明だが、ここでは長忌寸娘と考えておく。「妹」は妻や恋人を意味する語。宴席の中の女性を恋人に見立て、一緒にモミチをかざして見せたのであろう。宴席の開始から時間が経ち、だいぶ砕けた状態になって来ていたことが窺える。空想の世界に遊び、一幅の絵画のような歌をなした書持とは異なり、許遍麻呂の歌は現実の場に即して対話的である。それは宴席の場の空気を和める方向に持って行こうと意図したものであったように見える。

その後さらに、大伴池主の歌（10）と大伴家持の歌（11）が披露されている。しかし、いずれもこの日の趣向を正面からうたったものではない。終宴に近い時点での歌であろう。

池主の歌は、県犬養吉男の歌（5）や書持の歌（7）と同様、この宴席の趣向をうたったものではない。

神無月の冷たい時雨にうたれた「もみち葉」は、もう風に吹かれるままに散ってしまうことだろう、という一首。単に、秋の深まりをうたっているに過ぎない。宴席が進行し、モミチをかざす趣向も一段落ついた、ということであろうか。

この年の池主は、春宮坊《とうぐうぼう》少属《しょうさかん》従七位下（→補助教材「養老の官位令・衣服令」）。池主はこの時すでに官人としてのキャリアがあった。その系譜は不明だが、若者の集まったこの宴席の中では、一人だけやや年上だったことになろう。

一方家持の歌は、「もみち葉」の美しい季節が過ぎるのを惜しんで、気の合った者同士で文雅に興じている今夜は明けないでほしい、というほどの意。この一首は、宴席の参加者を「思ふどち」と位置づけたことに意味がある。それは、気の合った者同士、気心の知れた間柄のことで、宴席歌にはしばしば見られる表現である。これこそが、この日の歌々が醸成した気分を端的に集約した語であったと言える。「思ふどち」の宴だからこそ、いつまでもこの楽しい時間が続くことを願う、といった歌である。それは、お開きが近づいた段階で、参加者全員の気持ちを代弁し、歌群全体を締め括った歌だとする通説は、妥当なものと言えよう。

この時の家持は二十一歳。しかし、実に適切な形でこの宴席を締め括っている。一同は、和やかに満ち足りた気分で帰途についたのではないか。

以上のような宴席は、三つの段階に分けることができる。開宴歌（挨拶の交換）・楽宴歌（宴酣《たけなわ》）・終宴歌（お開きの挨拶）である（→補助教材「橘朝臣奈良麻呂結集宴歌十一首」）。

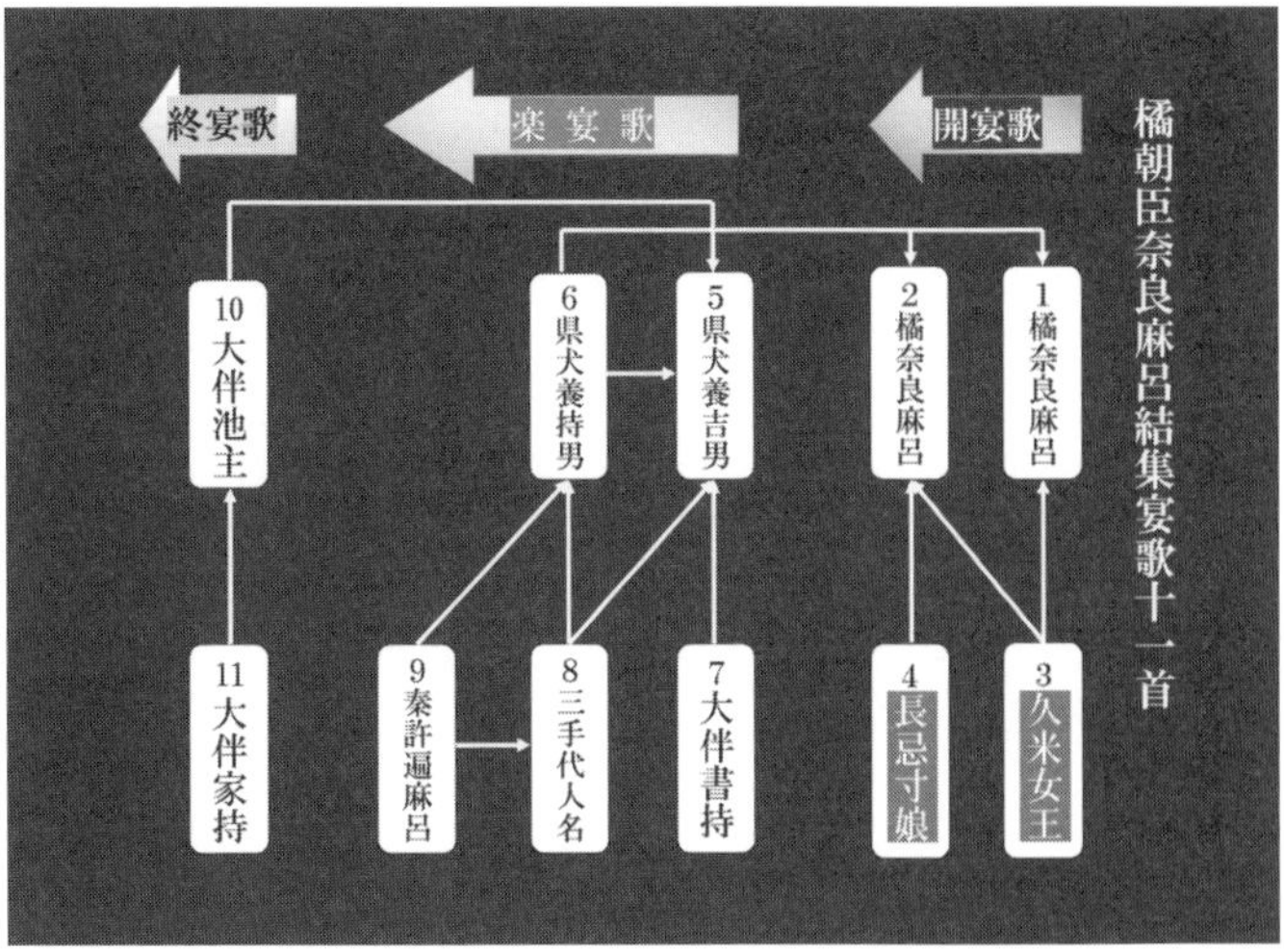


## 4

ところで、この宴席では、折り取って来たモミチが参会者全員に手渡されたと見られるが、それぞれの歌はどのように披露されたのか。先行する歌々の表現との緊密さからすれば、単に口頭で詠みあげただけではなく、書かれたものも示されたと考えた方がよい。

近年、各地の遺跡で歌木簡（第一日参照）の出土が相次いでいるが、この宴席でも、モミチの枝とともに木簡が用意され、参会者に配られたのではないか。出土した歌木簡はいずれも一字一音の仮名書きだが、『万葉集』の本文は一字一音ではない。この宴席の歌々が当初どのように表記されたのかは不明である。しかし、参会者はまずは書き、それを読みあげたということは、間違いあるまい。そして、改めてそれぞれの木簡が回覧され、それらを見つつ、次々と歌が作られて行った状況が想像される。

十一首には表現の連鎖が顕著に見られるが、それはやはり、次々と披露されて行く歌を聞きつつ、そして読みつつ、個々の歌が作られて行ったことを示していよう。すなわち、ここに見られる表現の類同性は、マイナスに評価すべきものではなく、同調と融和の証であって、宴席の気分をより円満にする効果を持っていたと見るべきであろう。だからこそ、「思ふどち」という表現を持つ締め括りの歌が生まれたのだと考えられる。類同的な表現の連鎖が、まさにそうした気分を醸成して行ったのであり、家持はその気分をしっかり受けとめて、一首をなしたのだと見ることができよう。

このように、この宴席では、家持は言うに及ばず、一人一人がそれぞれに適切な歌を詠んでいたと評価できる。なかなか典雅な社交の場となっているのだが、ここに集まった人たちが概ね、現代の学生たちと変わらぬ年齢であったことに驚かされる。主人の奈良麻呂にいたっては、今で言えば高校生である。平城京の若者たちはずいぶんと大人だったように見える。しかし、天平期における平城京の文化の水準は、そこまで高いものだったということであろう。

## 宴における表現の連鎖

宴席歌では、融和を目的として同調することこそが重要だったと述べました。表現の連鎖や類同性は同調の結果でもありました。したがって、宴席歌を読む場合は、一首だけを取り上げても意味がありません。それはどのような流れの中で生まれたものなのか、その点をしっかり見極めることが必要です。一首を現代語訳するだけでは、その意図は見えません。宴席全体を視野に入れ、参加者の構成も考えた上で、それぞれがどのように空気を読んで作った歌なのかを考えることが重要なのです。

かつての『万葉集』の注釈書は、一首一首バラバラに、漢字のみで書かれた原文とその訓読を提示し、語注と現代語訳を付した上で、簡単な解説を施すという形が一般的でした。しかし、それでは宴席歌や連作的な歌群の本当の意図は解明できません。そこで伊藤博『萬葉集釋注』（集英社・全十三巻）は、歌群ごとに説明する形を取りました。一九九〇年代後半のことでした。当たり前のことのように思われますが、これもまさにコロンブスの卵で、画期的な注釈書の形だったと言えます。

もちろん、そこに書かれた個々の見解についての賛否はありますが、その後出版された阿蘇瑞枝『萬葉集全歌講義』（笠間書院・全十巻）も、それを踏襲しました。

## 成人年齢

最近、明治以来の法律の改正があって、成人年齢が十八歳になりました。自分たちの将来を決めることにも繋がる選挙権が与えられたことは大きなメリットでしょうが、単独で契約行為ができることの危険性というデメリットなども指摘されています。しかし、選挙権を獲得するには、多くの人たちの血のにじむような努力の歴史がありました。その権利を放棄することは、自分の将来を放棄するのと同じです。選挙があったら、ぜひ投票に行きましょう。

橘奈良麻呂の邸宅に集まったのは、当時の若者たちでしたが、奈良時代の成人年齢はいくつだったのでしょうか。現在は成人の年齢と結婚できる年齢が同じになりましたが、それを基準に考えてみることが、一つの判断材料でしょう。

戸令《こりょう》に、

凡そ男の年十五、女の年十三以上にして、婚嫁聴せ。

という条文があります。男は十五歳、女は十三歳以上ならば、結婚が許されるという規定です。

もちろん、これは数え年ですから、正月を迎えた時に年齢が一つ増えます。つまり、十三歳ということは、小学校六年生の正月です（早生まれの子は翌年）。現在で言えば、中学生はもう大人だと見做されたのです。

「人生百年時代」と言われる現代とは違って、「人生五十年」という寿命の短い時代は昭和の初めまで続きました。貴族は別として、「男の年十五、女の年十三」ならば、十分生産活動に参加できます。「働かざる者は食うべからず」ということなのかも知れません。

## 私たちの中にも渡来人の血が流れている？

私たちは皆、渡来系の人の血を受け継いでいるのではないでしょうか。授業の中で、そう話したところ、Blackboardに「驚いたけれども、確かにその通りかも知れない」と書いた学生がかなりいました。

両親は二人、祖父母は四人、その父母は八人と、遡って行くと、祖先は倍々に増えて行きます。単純計算で言えば、二十七代遡ると、自分の祖先の数は現在の日本の人口を超えます。それは、一代が二十五年平均ならば六七五年前で室町時代、三十年平均でも八一〇年前ということで、鎌倉時代です。

たくさんの百済人が亡命して来た白村江の敗戦から一三六〇年ほど経っています。確率的に言えば、近代になってから国際結婚をして、新たに日本国籍を取得した人たちなどを除き、ほとんどの日本人に渡来系の血が流れているのではないでしょうか。

霊亀二年（七一六）に武蔵国高麗郡（現在の埼玉県日高市・鶴ヶ島市・飯能市の一帯）に入植した一七九九人の高句麗人たちは、彼らの中だけを通婚圏としていて、なかなか混血が進まなかったと言われています。しかし、天皇家でさえ、百済人の血が入っています。それは桓武天皇（七三七～八〇六）の母親の高野新笠《たかののにいがさ》で、父が百済系でした。

現上皇は二〇〇一年一二月、サッカーのワールドカップが日韓共同開催となることに関する記者会見の中で、そのことに触れています。桓武天皇の母親の高野新笠が百済の武寧王の子孫であると『続日本紀』に書かれているということを指摘して、「韓国とのゆかりを感じます」と述べています。

# 第十二日

## 『万葉集』――渡来系の人々

### 1

『日本書紀』と『続日本紀』には、朝鮮半島に関わる記事が非常に多い。たとえば、『書紀』には百済という国名が二三九例、新羅は二三一例、高麗は一三三例見られる。半島とはまさに一衣帯水であり、古代においても、人々の往来が活発だったということを裏づける。したがって、半島諸国の人たちの名も頻出する。『書紀』には百済人一七〇人、新羅人九二人、高句麗人四四人の名が見える。

また、半島からの渡来氏族の人々の名も、枚挙にいとまがない。たとえば百済の義慈王の子余善光は、舒明朝に渡来し、百済の滅亡後も日本に留まった（『続紀』天平神護二年六月条）。持統朝には百済王という姓を賜わり、百済王氏の祖となったが、その一族は『続紀』に四〇人も登場する。藤原氏の一五三人は特別だが、阿倍氏は九五人、大伴氏は五九人。そうした伝統的氏族と比べても、それほど遜色がない。また、比較的交流の少なかった高句麗の場合でさえ、従三位にまで昇った高麗福信《こまのふくしん》をはじめ、高麗氏・狛氏の人たちが、合わせて一一人見える。『古事記』の国生み神話も、朝鮮半島の存在を抜きにしては成り立ち得ない（第二日参照）。列島の西側には中国大陸と朝鮮半島があるが、「日出づる処」の王権は、総じて西向きであったと考えられる。古代の日本という国家は、東アジア世界を視野に入れてこそ成り立ち得るものだったということを、国生みの神話でも語らずして示していると見ることができる。

もちろん、そうした事情は『万葉集』でも同じである。登場する地名を都道府県別に整理してみると、瀬戸内海を中心に、半島への航路に沿った地名に偏っていることが見て取れる。現在でも、大阪と韓国南部の釜山市との間には、フェリーが就航しているが、古代においても、瀬戸内海を西航し、関門海峡を抜けて対馬海峡を渡るルートは、国際航路であったと見做すことができる。

たとえば中国地方では、大阪を起点とする瀬戸内航路に面した兵庫県・岡山県・広島県・山口県の地名の総数が一九五例であるのに対し、日本海側の鳥取・島根の地名の合計は三九例に過ぎない。四国も同様である。瀬戸内航路に面した香川・愛媛が二六例であるのに対して、徳島・高知は三例に留まり、大きな違いが見られる。九州の場合も、朝鮮半島への航路に面した福岡・佐賀・長崎の地名が二〇〇例であるのに対して、その他の県の合計は二五例に過ぎない。遣新羅使歌群の一四五首があることも考慮すべきではあろうが、こうした傾向は、『万葉集』に収録された歌々の作者の多くを占める律令官人たちの活動範囲を反映したものであったと考えられる。

周知のように、二十一世紀の今日まで、決して良好な関係の時ばかりではなかったが、朝鮮半島に隣接するこの列島に住む私たちにとって、その国々と歴史を共有して行くことは、宿命と言うほかはあるまい。もちろん、大和を拠点とした古代王権の歴史も、半島情勢と無縁のものではあり得なかった。

中国大陸の文化と文学が『万葉集』にどのような影響を与えたかという研究は、今日までまさに汗牛充棟である。日中の比較文学は現在でも、もっとも重要な研究分野の一つである。その一方で、「東アジア」というキーワードが一般化して来たにも関わらず、朝鮮半島から渡来した人や文化が『万葉集』にどのような影響を与えたかという研究は、立ち遅れていると言うしかない。

とは言え、もっとも近い外国である朝鮮半島の問題を視野に入れなければ、漢字という東アジア共通の文字によって成り立つ『万葉集』の本質は、十全には見えて来ない。七世紀後半から八世紀半ば頃までの間に、『万葉集』はどのような人と文化のネットワークの中で成立したのか。今回は、そうした問題を考えてみる。

## 2

『万葉集』に登場する人名で、七、八世紀の日本に確かに実在したと見られるのは六五〇人ほど。その中に渡来系の人が何人いたかと言えば、五〇人余りといったところであろう。とすれば、渡来系とされる人は全体の約八パーセントということになる。

法務省民事局の統計によると、昭和四十二年から平成二十七年までの間に日本に帰化した人の総数は、五三万人ほどであると言う。年平均にすると一万人強だが、多い年でも二万人には届かない。また、法務省入国管理局の統計（令和四年十二月現在）によれば、外国人登録をして日本国内に居住している人は、在日韓国人・朝鮮人を含め、約三〇七万人。全人口の二・五パーセントほどである。このように、国際化の著しい今日と比べてみても、『万葉集』の約八パーセントという数字が、いかに大きなものかということがわかる。

しかし、渡来系氏族であることが明らかな場合でも、果たしてその出身地はどこなのかということになると、それを確定することが困難な氏族も見られる。たとえば秦氏である。家系事典とも言うべき『新撰姓氏録』（右京諸蕃上）には、秦の始皇帝の子孫の功満王が応神朝に渡来したとされているが、実は半島出身であるとする説が有力である。また長《ながの》意吉麻呂《おきまろ》は、渡来系氏族に多く与えられた忌寸《いみき》の姓を持つので、渡来系である可能性が高いと考えられる。しかし、その系譜等はまったくわからない。さらには、渡来した時期も区々で、四世紀以来、数世紀にわたっている。

このように、以下はたくさんの留保をつけた上での結果である。また議論の分かれる人も含んでいるが、『万葉集』中に登場する渡来系氏族の人々、あるいは渡来系と称している人たちは、概ね左記のように整理することができる。

百済系

麻田連陽春・安宿奈杼麻呂・宇努首男人・馬史国人・生石村主真人・大石蓑麻呂・按作村主益人・椎野連長年・高丘連河内・調使首・調首淡海・刀理宣令・葛井連大成・葛井連子老・葛井連広成・葛井連諸会・史戸大原・文忌寸馬養・依羅娘子・吉田連老・吉田連宜・余明軍・縁達師

新羅系

尼理願

高句麗系

消奈行文・高麗朝臣福信・高氏老・高氏義通

漢系

大蔵忌寸麻呂・内蔵忌寸縄麻呂・坂上忌寸人長・山氏若麻呂・田辺秋庭・田辺史福麻呂・張氏福子・秦忌寸石竹・秦忌寸八千島・秦許遍麻呂・秦田麻呂・秦間満・山田史君麻呂・山田史土麻呂・山田史御母

出自不明

板持連安麻呂・磐余伊美吉諸君・神社忌寸老麻呂・按作村主益人・薩妙観・田部忌寸櫟子・田氏肥人・田氏真上・長忌寸意吉麻呂・長忌寸娘

その他

秦忌寸朝元（日中のハーフ）・菩提僊那（インド僧）

周知のように、新羅との交流は緊密だったものの、敵対していることも多かった。また、高句麗とは距離的に遠く、交流自体も百済・新羅に比べて少なかった。世界の中心と自任する大帝国の人々が、蕃国と見做した僻遠の島国に進んで帰化しようとしたとは考えにくい。したがって、斉明六年（六六〇）に国が滅び、天智二年（六六三）に白村江《はくすきのえ》の海戦で敗れた後、大挙して渡来した百済人とその子孫が多い、という結果になる。

しかし、秦氏のように、漢系とされてはいても、実は朝鮮半島の出身であったと見られる氏族がある。大国の由緒ある出自を僭称しているのだ。『古事記』序文には、諸家の持つ帝紀と本辞には多くの「虚偽」があると、天武天皇が述べたと伝えている。自家の立場を有利にするためであろうが、渡来系氏族とて、そうした事情に違いはあるまい。漢系や出自不明の者の中にも百済系の人が存在したことが考えられる。逆に、漢系の人が半島系を名乗ることは考えにくい。したがって、百済系の割合が高かったということは否定できない。むしろ、その比率はもっと高かったのではないかと想像される。

いずれにせよ、白村江以後に渡来した余自信・沙《さ》宅紹明《たくしょうめい》を法官大輔に、鬼室集斯《きしつしゅうし》を学職頭に登用したように、『日本書紀』（天智十年正月条）は、兵法・薬・五経・陰陽などの専門的な知識を持つ百済人たちを、天智天皇が厚遇したことを伝えている。また、八世紀の律令国家が渡来系の人々を積極的に登用したということは、『万葉集』に多くの渡来系の人が登場することからも窺える。大伴旅人・大伴家持周辺の宴席歌はとりわけ顕著だが、『万葉集』という大部な歌集の形成を促した歌文化の成熟に関しても、大伴氏のような伝統的氏族の果たした役割ばかりでなく、渡来系氏族の人々の活躍をも視野に入れて考えなければなるまい。

とは言え、右の人たちの中で、自ら海を渡って来たことが確実なのは、尼理願《あまりがん》・秦忌寸朝元《はたのいみきちょうげん》・菩提《ぼだい》遷那《せんな》の三人に過ぎない。祖父の代に渡来したことが知られるのも、高麗朝臣福信のみ。百済系の人たちの中には、白村江以後の渡来者が多く含まれている可能性は高いものの、すでに日本社会にすっかり定着していた氏族の出身者で、子供の頃から日本語を話していた人が多いと見なければならない。
たとえば『続日本紀』には、天平宝字五年（七六一）三月、渡来系の人たちに対する賜姓のことが見られる。百済系一三一人、高句麗系二九人、新羅系二〇人、漢系八人に、新たな姓が与えられている。ここでも百済系が圧倒的に多いのだが、彼らに与えられた姓の多くは、中山・松井・石野・長沼・小川・中野などといった現在の日本人の中にも多く見られるものである。時間が経過すれば、渡来系であることに基づく氏族的な特色も薄らいで行ったことは想像に難くない。

天平宝字五年は、『万葉集』最後の歌の二年後だが、白村江での敗戦からほぼ百年。万葉の時代は渡来系の人たちが日本社会に同化して行く最終段階であったと見ることもできよう。したがって、たとえ出自に関する矜持は強固なものであったとしても、何世代にもわたって日本で、そして日本語で生活して来たという事実は重い。彼らの中の百済や新羅は、心の深層に秘められたものとなっていたと見るべきではないか。

## 3

難波（現在の大阪）は、大和の王権にとって国際社会への玄関口だったが、そこの港を出で、瀬戸内航路を朝鮮半島・大陸へと向かう時、もっとも重要な港は、やはり娜大津《なのおおつ》（現在の博多港）であろう。職員令には、大宰府の広範な職掌の中に「蕃客、帰化、饗讌の事」ということが挙げられている。娜大津を玄関口として、その奥座敷とも言うべき大宰府は、九州全体を統括するとともに、外交の拠点で

もあったということを示している。

　大宰府は地方に置かれた最大級の役所だった（写真は大宰府都府楼跡）が、『万葉集』においても、そこを中心的な舞台とした筑紫歌群とも呼ばれる特徴的な歌々が収められている。大伴旅人が大宰帥《だざいのそち》（大宰府の長官）として赴任していた神亀五年（七二八）頃から天平二年（七三〇）までの歌々である。巻三・巻四・巻五・巻六・巻八の各巻に分散して収録されているが、認定の揺れを認めても、二〇〇首に近い数である。

　その筑紫歌群に登場する人たちを見てみよう。歌を作った人ばかりではなく、名前だけ登場する人も含むが、便宜的にできるだけわかりやすい呼称で示すことにする。それは、以下の四七人である。

麻田陽春・阿倍奥島・粟田大夫（比登）・石川足人・石上堅魚・板持安麻呂・宇努男人・大伴稲公・大伴郎女・大伴胡麻呂・大伴坂上郎女・大伴旅人・大伴道足・大伴三依・大伴百代・大伴家持・大伴四綱・小野

老・小野国堅・小野田守・門部石足・磯氏法麻呂・紀男人・荒氏稲布・高氏海人・高氏（高向）老・高氏義通・遊行女婦児島・佐氏子首・沙彌満誓・志紀大道・史氏大原・村氏彼方・建部牛麻呂・田氏（田辺）真上・丹氏麻呂・（丹生女王）・張氏福子・田氏肥人・土師水道・土師百村・葛井大成・葛井広成・（藤原房前）・山氏（山口）若麻呂・野氏宿奈麻呂・山上憶良

藤原房前と丹生女王には旅人との間に贈答歌が見られるが、いずれも都にいたことが確実なので、その人数には含めない。ここでもその認定に揺れが生ずることは避けられないが、右の中で、網掛けで示した人が渡来系氏族の出身者だと考えられる。すなわち、四五人中の一一人。ほぼ四人に一人ということになる。

しかし、大伴稲公と大伴胡麻呂は、旅人が病気の時に都から遣わされた人で、大宰府の官人だったわけではない。また、大伴家持は当時十二、三歳の少年だった。父旅人について下向しただけなので、これも人数には含めない。大伴郎女・大伴坂上郎女・児島といった女性たちも、大宰府とその管轄下の役人として選任されたわけではない。そこで、彼らを除くと三九人中の一一人。すなわち、約二八パーセントが渡来系だということになる。

さらに、傍線を付した五人は、渡来系とする説の見られる人である。したがって、実際には三〇パーセントを超えていた可能性が高い。『万葉集』全体では八パーセントほどだったが、国際的な玄関口であった大宰府では、その比率がさらに高かった、ということになろう。そして、その中には出自不明の者もいるが、麻田陽春・宇努男人・史氏大原・葛井広成・葛井大成という五人は、百済系であることが確実である。また、張福子・山氏若麻呂は漢系である。一口に渡来系氏族と言っても、大宰府には多様な出自の人が集っていたということも、忘れてはならない。

## 4

その活躍ぶりの一端を見てみよう。

天平二年（七三〇）正月、大宰帥の邸宅で梅見の宴が催された。大宰府の主な役人と、たまたま大宰府に参向していた管下の役人たちが歌を披露したが、その中に百済系の渡来氏族に生を受けた葛井連大成も列席していた。次の歌は、その時披露された「梅花歌卅二首」のうちの一首である。当時の大成は、外従五位下。主人旅人を除く、上座の七人のうちの一人であった。

梅の花　今盛りなり
思ふどち　挿頭にしてな
今盛りなり

筑後守葛井大夫　（巻五・八二〇）

『続日本紀』養老四年（七二〇）五月条に、「白猪史の氏を改めて葛井連の姓を賜ふ」と見える。また『日本書紀』欽明天皇三十年（五七〇）春四月条には、

胆津、白猪田部の丁者を検へ閲て、詔の依に籍を定む。果して田戸を成す。天皇、胆津が籍を定めし功を嘉して、姓を賜ひて白猪史とし、尋ぎて田令に拝けたまひ、瑞子が副としたまふ。

と伝えられている。これによって、白猪史氏が百済系の渡来氏族であったことが知られる。すなわち、

『万葉集』の梅花宴（巻五・815～846）のジオラマ。

大宰府の都府楼跡（福岡県太宰府市）の一画にある大宰府展示館に展示されているものだが、博多人形で作られている。満開のウメを愛でつつ、宴会が行なわれている様子だが、ウメは中国語の発音をそのまま日本語化した植物名。現代で言えば、カタカナ語のようなもの。もちろん、外来の植物である。

左側の紫色の衣を着た男が、大宰帥（長官）の大伴旅人。朝服の色によって身分がわかるが、旅人から見て左側に高官たちが並んでいる。彼らの服装は、現代で言えば、国際標準とも言うべきスーツとネクタイといったところだろう。

葛井連氏は六世紀には渡来していた氏族であった。しかし、わずか十年前まで、半島系の姓を名乗っていたことになる。

右の一首を含め、渡来系氏族の作者の歌に、大伴氏などの伝統的氏族の人たちの歌とは異なる何らかの特徴的な傾向があるかと言えば、まったくないと言うしかない。しかし、むしろ、一般的な歌の表現様式や発想と何ら変わるところがないからこそ、彼らの活躍が意味を持っていたと考えた方がよい。この時代の歌文化の成熟にあたって、彼らもその一翼を担っていたと見られるからである。

令和の出典となったことで知られる「梅花歌卅二首」の序は、王羲之の「蘭亭集序」の影響と見るのが通説である。すなわち、東アジアにおける漢字文化圏で共有されていた教養を前提として成り立っていた宴席だと見るべきである。

また、漢籍からの影響ばかりでなく、人的な交流という面でも、東アジア的であったということにほかならない。

さて、第二句と第五句を繰り返す大成の歌は、一見無技巧なもののように見える。しかし、この日の宴席のめでたさを称えるためには、むしろこうした単純な形が功を奏したのであろう。また「思ふどち」とは、気の合った者同士、気心の知れた間柄の意で、宴席歌にはしばしば見られる表現だった。この宴席に集まった人々の中には、壱岐・対馬などの島嶼部や、薩摩といった辺境から来た官人もいる。初めて顔を合わせた者もいたはずである。しかし、そうした人々を「思ふどち」と見做し、歌に詠み込むことは、主人旅人の意向と宴席の気分を的確に捉えたものだったと考えられる。

第二句と第五句の繰り返しは、古歌謡の形式に則ったものとされる。ゆったりとしたそのうたいぶりは、管弦に舞などを伴っての詠出ではなかったかとする向きもある。そこまで想像を逞しくしなくても、大成の歌は一点の曇りもなく、この日の宴席のめでたさを謳歌した一首であるように見える。心からの賛辞だったのか、単なる社交辞令だったのかは不明だが、気配りに満ちた歌であり、こうした社交の場にふさわしい一首であったと見て間違いない。

その他の参加者の中にも、山氏若麻呂《さんしのわかまろ》・張氏福子《ちょうしのふくし》・板氏安麻呂《ばんしのやすまろ》・田氏肥人《でんじのこまひと》・田氏真上《でんじのまうえ》という渡来系氏族の出身と思しき人たちが列席していた。大伴旅人や坂上郎女を中心とした作歌に親しんでいた家の人々の個人的な集まりではない。通常の律令官人たちの集まりでさえ、二割に近い渡来系の人がいて、彼らも歌を詠んでいたということになる。

漢籍の影響もさることながら、ヤマトウタは決して、この列島の中の固有の文化として純粋培養されたものではなかった。その後、千数百年にわたって生き続けた和歌の強かさは、そうした中で培われたものだったのであろう。

## 5

もう一人、歌の場で活躍する葛井連氏の人物を紹介しよう。それは葛井連広成である。同じく大宰府での作だが、次のような一首がある。

　天平二年庚午　勅して擢駿馬使の大伴道足宿禰を遣はす時の歌一首

奥山の　磐《いは》に苔生《む》し
恐《かしこ》くも　問ひ賜ふかも
念《おも》ひあへなくに　（巻六・九六二）

右、勅使大伴道足宿禰を帥の家に饗す。この日に、会ひ集ふ衆諸、駅使葛井連広成を相誘ひて、歌詞を作るべしと言ふ。登時広成声に応へて、即ちこの歌を吟ふ。

「奥山の　磐に苔生し」は「恐くも」を導き出す序詞で、誠に畏れ多いことで、歌を所望されようとは思ってもみませんでした、という意味の歌。すなわち、私は皆さんから歌を求められるような人間ではございませんと謙る姿勢を、即座に歌の形で見せたことが、広成の機知である。あるいは、「その古曲めいた詠法と要望に添えないという応え方のちくはぐさ加減が、かえって宴の座に笑いを巻き起こした」（大久保廣行「葛井氏の歌詠と伝統」『筑紫文学圏　大伴旅人　筑紫文学圏』笠間書院・一九九八）とする見方もある。いずれにせよ、宴席に集った人々は、広成の機知に富んだ歌に拍手を送ったに違いあるまい。広成の歌はこの一首しか見えないが、十分作歌に習熟していたことが窺える。

広成は、養老三年（七一九）閏七月、大外記従六位上で遣新羅使に任じられた。大外記とは太政官の一員で、その職掌は「詔奏を感へむこと、及び公文読み申し、文案を勘署し、稽失を検へ出さむこと」（職員令2）とされ、文書の作成等に関わるポスト（正七位上相当の官）である。天平三年（七三一）一月、外従五位下。同十五年（七四三）三月には筑紫において、やはり外従五位下で新羅使の検校にあたっている。百済系氏族の職掌として、通訳の役割を果たしたのかも知れない。同年六月、備後守。同二十年（七四八）二月、従五位上。同年八月、聖武天皇が群臣を率いて広成の自宅に行幸し、宴飲したとある。そのまま宿泊した上に、正五位上を授け、二階級昇進させている。天平勝宝元年（七四九）八月、中務卿（正四位上相当の官）。詔勅の起草に関わる役所の最高責任者だが、聖武が自宅に行幸したことを見ても、その信頼が篤かったことが窺える。

『万葉集』に短歌一首（巻六・九六二）と伝誦歌二首（巻六・一〇一一、一〇一二）が見える。短歌は天平二年（七三〇）の作。勅命によって大伴道足が擢駿馬使として遣わされた時、大宰帥大伴旅人邸で道足を饗応したが、この日集まった人々が、駅使の広成に歌を作るようにと勧めたところ、広成は即興で歌を吟唱したのだとされる。『家伝下』（武智麻呂伝）に「文雅」としてその名が見える。藤原武智麻呂邸の文化サロンの一員だったのだが、大宰府でも広成の文才に関する評判が聞こえていたのであろう。

また、『懐風藻』に中務少輔（従五位上相当の官）とある。これも詔勅の文案など文書の作成に関わるポストだが、五言詩二首（一一九、一二〇）が収録されている。藤原不比等の吉野詩に和した詩などである。この点からも文学的素養に恵まれた人物であったことが知られる。

## 6

冒頭にも述べたように、従来の文学史の中で、半島系渡来人のことに言及されることはほとんどなかった。しかし、『万葉集』が形成された七、八世紀の官人社会の中に、彼らがいたことは否定できない。したがって、上代の歌の世界は、大陸からの影響をも含めて、東アジアを広く見渡す目を通して考えられなければならない。

## 『万葉集』の研究は漢字の羅列に訓を振るところから始まった

『万葉集』はすべて漢字で書かれています。巻十四のように、「可麻久良乃」（鎌倉の）などと、一字一音で表記されていれば、あまり苦労なく読めるのですが、中にはほとんど判じ物のような表記もあり、現在も読めない歌があります。どう訓むか、諸説のある歌もたくさんあるのです。

平安時代にはすでに、『万葉集』はほとんど読めなくなっていました。そこで、漢字にフリガナをつける作業が始まりました。十世紀半ばのことです。源　順《みなもとのしたがふ》をはじめとする「梨壺の五人」と言われた学者たちですが、そこで付された訓を古点と言います。これが『万葉集』研究の始まりと言われています。

私はこの日の授業の中で、遣唐使一行は中国大陸から書物を輸入し、朝鮮半島からは直接人が渡って来て文化を伝えたと説明しました。そして、現在も『万葉集』にどのような形で中国文学の影響があるかということを調べることが、重要な研究の一つであって、それは江戸時代の契沖（一六四〇～一七〇一）という学僧がすでに行っていたと話しました。つまり、比較文学的な研究が徹底的に行われて来たのに対して、朝鮮半島から来た人たちが奈良時代の歌文化の形成にどんな役割を果たしたのかという研究は、ほとんど行われて来なかったと説明したのでした。すなわち、中国大陸からは書物（その影響に関する研究は汗牛充棟）、朝鮮半島からは人（その影響・役割に関する研究はほとんどない）という形です。

奈良時代の歌文化の形成については、その両方の面から考えるべきですが、渡来系の人たちがそれに対してどのような役割を果たしたのかということに関するまとまった研究は、現在まで、私の『万葉集と新羅』（翰林書房・二〇〇九）という本が唯一のものなのです。

契沖は、水戸の徳川光圀（一六二八～一七〇〇）の依頼で『万葉集』の注釈を行ないました。『代匠記』あるいは『万葉代匠記』と呼ばれる注釈書です。その中で、漢籍の影響に関しても、いろいろ指摘しています。

契沖は大阪の人で、東大阪市の妙法寺というお寺の住職をしていました。以前の勤務先に近かったこともあって、住職さんにお願いして、契沖の直筆資料を見せていただいたことがありました。「富士百首」という契沖自身の歌を書いたものです。

## 差別意識

日本に渡って来た渡来系の人たちは差別されなかったのか、と書いた学生がいました。結論から言えば、万葉の時代は身分社会なので、渡来人か否かに関係なく差別はあったと見るべきでしょう。基本的人権が認められるようになったのは、日本国憲法によってですから、戦後のことに過ぎません。しかも、そうした憲法のある現代でも、差別はなくなっていません。人権意識のない時代、パワハラも普通にあったと思われます。今の常識で奈良時代のことを考えても、意味がありません。

とは言え、『日本書紀』によれば、天智天皇は百済から亡命して来た人たちの中で、身分の高い人、法・兵法・薬・五経・陰陽などに関する学識のある人については、かなり優遇していたことがわかります。また、『懐風藻』の大友皇子伝によれば、学識のある百済人たちを賓客としたとされています。大友皇子を中心とした文化サロンのようなものを作っていたのでしょう。渡来系であることでポストを得ているので、それはむしろブランドですらあったと考えた方がいいかも知れません。

高校の日本史で、八色の姓という制度を習ったと思います。真人・朝臣・宿祢・忌寸・道師・臣・連・稲置の八種類です。天武天皇の十三年（六八四）のことですが、これは『日本書紀』に書かれています。家柄による区別で、それが人事にも及んだのですから、まさに差別の体系です。

官位もありました。大宝律令では、正一位から少初位下までの三十階ですが、五位以上と六位以下とでは大きな断絶がありました。五位以上は貴族、特権階級でした。蔭位の制が適用されました。父親や祖父が貴族の場合、その子弟が出仕する時、特別に優遇される制度です。

無位からスタートした場合、四年に一回順調に昇進したとしても、従五位下に到達するには六十八年かかります。しかし、大伴家持の場合、父親の大伴旅人が従二位大納言だったので、正六位下からスタートしたものと見られます。天平十八年（七四六）に越中守に任じられていますが、これは従五位下のポスト。家持は養老二年（七一八）の生まれとする説が有力なので、二十代ですでに貴族の仲間入りを果たしていたことがわかります。

律令制度は、差別の体系を法的に整備したものだと言ってもよいでしょう。

第十三日

# 『万葉集』——天平の雅と東アジア



## 1

天平の雅を代表する一首として、大伴家持の次の歌を挙げることができる。つとに藤原俊成の『古来風躰抄』に選ばれているが、斎藤茂吉の『万葉秀歌下』（岩波新書・一九三八）などにも取られており、古来〈秀歌〉の誉れが高い。

天平勝宝二年三月一日の暮に、春苑の桃李の花を眺矚《なが》めて作る歌二首

春の苑《その》　紅《くれなゐ》にほふ
桃の花　下照る道に　出て立つをとめ　（巻十九・四一三九）

吾が園の　李《すもも》の花か
庭に散る　はだれのいまだ　遺りたるかも　（巻十九・四一四〇）

天平勝宝二年（七五〇）の家持は、越中国庁（富山県高岡市伏木古国府）に国守（国の長官）として在任

していた。すなわち、右は越中での作である。

家持の生年は不明だが、養老二年（七一八）生まれとする説が有力である。それに従えば、この年は三十三歳。都の文化を身につけた若々しいエリート官僚だった。またこの年の三月一日は、太陽暦の四月十一日。越中に赴任してすでに四回、厳しい冬を過ごして来たが、春の遅い北陸にも、ようやくうららかな季節が訪れようとしていた。モモも、その美しい花をつける頃であった。

わざわざ「三月一日」と記している点に、家持の暦に対する特別な意識が窺えるとする指摘もある。確かに、月が改まったことで、春を迎えた歓びが湧いて来たのであろう。

周知のように、モモもスモモも中国原産の帰化植物。天平期の越中国府に、実際それらが植えられていたのか否かは不明である。しかし、仮にあったとすれば、桃の花ばかりでなく、真っ白なスモモの花も、花期を迎えていたことになろう。

そうした季節の中で、家持は「桃李の花を眺矚めて作る」と題し、「桃の花」と「李の花」を一首ずつ詠み、二首で一つの世界をなしている。「眺矚」とは高処から眺望する場合に用いられる漢語。桃色の花と真っ白な花が、鮮やかに咲き誇る「春苑」を広く見渡しつつなした二首ということである。

## 2

まずは、一首目の歌を口語訳的に説明しておくことにしよう。春の庭園（全体）が紅色に彩られている、（気がつけば）桃の花の（色が）照り映える（その木の）下の道に、（宛然と）佇んでいる乙女（の何と美しいことよ)、というほどの意。しかし、その上の句を「春の園の紅色に咲いている桃の花の」と口語訳している注釈書もある。「春の苑」を主格ではなく、連体格と見るのだ。

実は、当該歌には、二句切れとする説と三句切れとする説がある。ここでは二句切れとする立場で本文を提示し、口語訳もつけたのだが、「春の園の」という口語訳は、三句切れとする見方を前提としたものである。授業の中で学生たちに意見を聞いてみると、なぜか三句切れを支持する学生が多数を占める。三句目の五音が枕詞であって、四句目に直接繋がって行く歌の場合でも、三句で切って音読されることが多い。

しかし、『古今和歌集』『土佐日記』『伊勢物語』などの写本を見る限り、和歌を上の句と下の句に分けて二行で書く形は、平安時代にはまだ定着していなかったとする指摘がある。今日、もっとも信頼性の高い写本とされる西本願寺本『万葉集』(鎌倉時代の書写)でも、上の句と下の句を意識して改行しているようには見えない。

当面の歌は『万葉集』巻十九に載せられているが、この巻は一般に家持の編になることが確実視されている。しかし、その原文は、

春苑紅爾保布桃花下照道爾出立𡢳嬬

といった形である。漢字十六字が切れ目なく一行に書かれている。家持も、二句切れか三句切れかを意識して、当該歌を書き記しているわけではない。

そこで、戦後の主な注釈書を見てみると、二句切れと明記しているもの、あるいは口語訳などから

二句切れと見ていることがわかるものの一方に、三句切れと見ている注釈書も多い。その数はほぼ互角である。

そこで、三句切れの口語訳の方も見てみると、「春の園、園一面に紅く照り映えている桃の花、この花の樹の下まで照り輝く道に、つと出で立つ娘子よ」（『萬葉集釋注十』）、「春の園の、紅に色づいた桃の花が下に照りはえる道に、立ち出でた娘子よ」（『萬葉集四〈新日本古典文学大系〉』）などとされている。

ところが、原文は「春苑」なのに、「苑」を「園」と書き改めてしまっている注釈書が多い。口語訳でも、その違いを無視している注釈書がある。しかし、漢文体の題詞に、「春苑」という漢語が用いられている。しかも、「春の苑」はその翻訳語だという指摘もある。当該歌は、断じて「春の苑」でなければならない。

「苑」は「まきば。垣を設けて禽獣を養ふ林野」（諸橋轍次『大漢和辞典　第九』）とされる。それに対して「園」は「果樹のはたけ。（中略）垣根のあるはたけ」（『大漢和辞典　第三』）の意だと言う。また、「苑」は『懐風藻』にも見られ、広い禁苑の意とする指摘もある。石川朝臣石足の「五言。春苑詔に応ず」（四〇）だが、これは「禁苑」。すなわち宮中の林園を指す。

平城宮の北側に広がり、聖武天皇がたびたび曲水宴を行なった松林苑（『続日本紀』天平元年三月条など）も、南北一キロ以上、東西五百メートル以上という大規模な庭園だったことが知られる。新宿御苑ほどの広さである。その点からも、「春の苑」は広大な庭園がイメージされており、二首目の歌の「吾が園」は、その一部だと考えた方がよい。

『万葉集』中のソノの用例は、「曾能」「曾乃」などといった一字一音の仮名書きの例（九例）を除くと、「苑」と表記するのが通例である（一〇例）。したがって、当該歌はやはり「春の苑」でなければならない。一方、「園」という表記は「吾が園」の歌（四一四〇）の一例のみ。『万葉集』には、同じ語が続いて現れた場合、表記を変えるという顕著な傾向が見られる。変え字法と呼ばれるが、だとすると、これは単なる変え字であったとも考えられる。

とは言え、原文が「春苑」（四一三九）と「吾園」（四一四〇）というように書き分けられているのは、指すものが異なるからではないか。一方、大宰府における梅花宴の「我が園」の例（八二二、八二四）などを引きながら、それは「春の苑」の言い換えで、越中国府の官人たちが等しく「我が園」と思うことができるものとする向きもある。しかし、その二日後の歌（巻十九・四一五一～五三）の題詞には、「宴歌」と明記されているにもかかわらず、当該歌の題詞にそうした記述はない。それは宴席歌ではあるまい。したがって、越中国府の官人たちの意識ではなく、家持個人の意図を読み取らなければなるまい。

このように、「春の苑」は大きな景であり、「吾が園」はその中の一部と見るべきであろう。一字一音で表記することが基本の巻十九にあって、あえて訓字を使用しているという点も、無視し得ない。しかも、『万葉集』の用字法は、漢字の選択がかなり厳密だとする漢字学の大家白川静の指摘もある。したがって、古典研究の基本通り、それらを書き下しの形にする際は、安易に文字を改めず、原文を尊重しなければならない。

とすれば、「春の苑　紅にほふ」とは、広い庭園の全体的な景観を描いていることになろう。まさに

「眺矚」した景色である。当該歌の口語訳で、「春の庭園（全体）が」としたのは、そうしたニュアンスを出したいと考えたからである。また、「紅」はクレ（呉・中国の意で用いられる）のアヰ（藍）の意。したがって「紅にほふ」とは、庭園全体が外来の文化で彩られている様子と見てもよい。

一方、三句目以下は、その広い庭園の中の「桃の花」の一点に注目し、その下に立つ「をとめ」に焦点が絞られている。すなわち、俯瞰の五七と、注視の五七七といった形である。

周知のように、これは右のような樹下美人図を彷彿とさせる構図である（上の絵は国文学科卒業生糟谷茜さんの作）。インドから西アジアを源流とするものだと言われるが、衣装も化粧も唐風である。そうしたエキゾチックな図柄の典型が、正倉院に所蔵される有名な鳥毛立女屏風（六扇）である。天平勝宝八歳（七五六）、聖武天皇の四十九日に、光明皇太后が東大寺の大仏に献納した宝物の一つ。家持が見たのは、それとは別の樹下美人図であろうが、当該歌が絵画的であるということは、古くから指摘されている。家持は、「春の苑」という翻訳語を用いつつ、そうしたエキゾチックで絵画的な構図の歌をなしたのだ。

その樹下に「出で立つをとめ」とは、どういう状態だろうか。注釈書によって、「たたずむ」

と「立ち出でた」といった口語訳の違いが見られる。「立ち現れた」とする注もある。筆者は「（気がつけば）（中略）佇んでいる」としたが、右の中では「立ち現れた」とする訳が適切なのではないかと考えている。多くの研究者が指摘しているように、家持の幻影とする見方である。「気がつけば」としたのは、実は逆で、家持が現実の世界から幻想の世界に入った時、意識の中に立ち現れた、ということである。しかし、それを現実化してうたったのがこの一首である、と理解したのだ。

一方、二首目の「吾が園の」の歌は、明らかに二句切れである。これも口語訳的に説明すれば、私の庭の（真っ白な）李の花だろうか、いや、庭に散った細雪が（まだ）まだらに残っているのだろうか、の意。それはAかBかという構造であって、「李の花」か「はだれの遺りたる」か、といった対である。したがって、「春苑の桃李の花を眺矚して作る歌二首」は二句切れの歌の一対である、ということになろう。「桃の花」と純白の「李の花」という色の対照も、二首一組だからこそ、効果的なのだと考えられる。

## 3

「をとめ」とは、どういう女性を言うのか。それは「成年に達した若い女子。未婚の娘。若い盛りの女」（『時代別国語大辞典　上代編』三省堂・一九六七）の意。すなわち、結婚年齢に達している未婚の女性という意味である。

律令制の時代には、戸令《こりょう》という法律があった。そこには、凡そ男の年十五、女の年十三以上にして、婚嫁聴せ。

という条文がある。結婚が許される年齢に関する規程だが、もちろん、それは数え年である。超高齢化社会の現代とは違って、人生は短かった。「桃の花」の下の「をとめ」も、そうした若い女性がイメージされているのであろう。

冒頭では、結句の「をとめ」をとりあえず仮名書きにしておいたのだが、その原文は「𡢳嬬」という、あまり見かけない漢字を使用している。この「𡢳」は諸橋轍次の『大漢和辞典』にも載っていない漢字である。

ところが、『校本萬葉集九〈新増補版〉』を見ても、この部分に本文の異同はない。しかも、『万葉集』中では柿本人麻呂の歌（四〇）を始めとして、しばしば用いられる表記である。これは決して書き間違いではあるまい。しかし、中国の字書『玉篇』をめくってみても、やはりその項目はない。

ところが、『学研新漢和大字典〈普及版〉』には載っていて、国字であると言う。年の若い女の意だとする記述がある。さらに、「会意。「女＋感」で感じやすい年頃の女の意としたか」とする説明も加えられている。

『大漢和辞典』は全十三巻で、凡そ五万項目もあり、日本では最大の漢和辞典である。それに載っていない漢字が、B5判で二千ページを超える厚さだとは言え、机上に載る大きさの辞書に載っているとは、とても意外だった。

改めて『万葉集』中の「をとめ」の用例を検索してみると、「処女」「娘子」「未通女」と記される例が多数を占める。その中で、当該歌を含めて、「𡢳嬬」は一四例あった。この「𡢳」については、「娍」の誤字とする説も見られる。しかし、家持一人の思い違いということならば、誤字の可能性もあろうが、その用例は多くの巻に分布している。したがって、誤字の可能性は低い。

また、多くの古写本で「𡢳嬬」をイモと訓じているが、現在ではヲトメという訓が通説である。イモでは、字足らずになってしまう例も存在するからだろう。そこで私も、通説に従ってヲトメと訓むことにしている。

中でも、同じく家持が越中で詠んだ中に、

もののふの　八十《やそ》𡢳嬬らが　汲みまがふ
寺井の上の　堅香子《かたかご》の花　（巻十九・四一四三）

とあるのは重要であろう。ここでも家持が、その漢字を使用しているからである。また、

鈴が音《ね》の　早馬駅家《はゆまうまや》の　堤井の　水を給へな
妹が直手《ただて》よ　（巻十四・三四三九）

という歌も見られるように、『万葉集』や『古事記』では、井戸端の「をとめ」は求愛の対象となる。当然、若い女性である。

家持は巻十九で、この「𡢳嬬」をもう三回（四一六六、四一九二、四二一一）使用しているが、それらも若い女性にほかならない。樹下の「𡢳嬬」は若く美しくなければならないので、家持はあえてこの文字を選択したのだと見ることができる。

さて、もう一つの漢字「嬬」の方だが、それは弱い、そばめ、妻などの意を持つ（諸橋轍次『大漢和辞典　第三』）。すなわち、「𡢽嬬」という二字で、若いたおやかな女性の意となる。樹下美人図が意識されている点からすれば、それは唐風の衣装を身につけた豊満・豊頬の女性であろう。エキゾチックな化粧を施した美しい女性だったに違いあるまい（上の写真は大阪市歴史博物館の展示）。実際、越中の国府にそうした美女がいたのかどうかは不明だが、事実はどうであれ、歌の世界の中の女性は、そうした美女でなければならなかった。

　そもそも、題詞の「桃李」は、しばしば漢詩に詠まれる題材である。高等学校の教科書でも、李白の「春夜宴桃李園序」がよく採られている。また「春苑」の花と女性という構図も、漢詩に依存していると言われる。すなわち、当該歌は漢籍の知識に基づく美意識と見るのが通説である。

　また、女性と桃との取り合わせは、高校の国語の教科書の定番教材にも見られる。つとに契沖『萬葉代匠記』（初稿本）がその関連を指摘しているが、『詩経』の「桃夭」である。奈良時代の官人層によく読まれていたとされる漢詩集『玉台新詠』（巻八）にも、愛嬌を競う娼家の女たちの顔を「桃李」に喩えた詩が見られる。樹下の「𡢽嬬」も、モモの花のような艶やかな女性であったと考えられる。

平城京の宮中には、「桃李」に擬えるべき若くて美しい女官がたくさんいた。後宮職員令によれば、

> 凡そ諸の氏は、氏別に女貢せよ。皆年十三以上を限れ。（中略）其れ采女貢せむことは、郡の少領以上の姉妹及び女の、形容端正なる者をもちてせよ。皆中務省に申して奏聞せよ。

とされ、「采女」と称される女官は「形容端正」でなければならなかったからである。同じく後宮職員令によれば、水司（飲料水を扱う）・膳司（宮中の食膳を担当する）に配置されている采女の定員は全部で六六人。また、内侍司（天皇の日常生活に奉仕）などに配置され、采女も含まれるとされる女孺（若い女官）は、全部で一七八人。これが宮中の美女集団だということになろう。

一方、越中にも美女がいて、「春の苑」に集うその女性たちを「桃の花」や「李の花」に譬えたのかも知れない。遊行女婦《うかれめ》と呼ばれる女性たちである。「史生尾張少咋《をはりのをくひ》を教へ喩す歌一首」（巻十八・四一〇六～四一〇九）で、「左夫流《さぶる》」と呼ばれていた女性が典型だが、単身赴任の尾張少咋がその遊行女婦に心を迷わせ、都に残して来た妻を顧みなかった。そこで、家持が部下の少咋を諭す歌をなしたのだ。遊行女婦とは、男を迷わせるコケティッシュな女性たちだったようだが、この「春の苑」にもそのような美女がいたのだろうか。

宴席ならば、そうした女性が侍っていた可能性は高い。しかし、すでに述べたように、当該歌は宴席の作とはされていない。これはイメージの世界であって、幻想の美女であろうとする注が多い。

題詞によれば、これは「暮」の歌である。ユフへと訓むのが通説だが、それは日没の意。薄暗い時

間帯で、まさに「誰そ彼」時である。したがって、「春の苑」全体が「紅にほふ」状態になんぞなるはずがない。とすれば、二首はやはり、幻想の世界であったと考えた方がよい。家持は、遠い異国の宮中に奉仕する美女をイメージしていたのであろう。

## 4

現在、奈良は「シルクロードの終着点」とも言われる。その典型が東大寺正倉院の御物である。毎年秋、奈良の国立博物館では正倉院展が開かれるが、そこに展示される文物の中には、鳥毛立女屏風を典型に、シルクロードを通じた交易品も多い。遣唐使がそれを日本にもたらしたのだ。

天平の雅とは何かと言えば、東アジアを中心としたグローバル化の中の文化である。大伴家持のような当時の貴族たちは盛んに漢籍に学び、大陸の文化を身につけていた。とりわけ、天平期の万葉の世界は、決して素朴な歌々が詠まれていたのではない。国際感覚を身につけた知識人たちの歌が中心だったのである。

## 大伴家持は暦には特別な意識を持っていた

家持が暦を強く意識していたことがわかる例は、たくさんあります。古代の宮中行事は、中国の暦の知識に基づくものが多いので、それは当然と言えば、当然でしょう。それを少し紹介しておきます。

一つは、

初春の　初子《はつね》の今日の　玉箒《たまばはき》
手に取るからに　ゆらく玉の緒　（巻二十・四四九三）

という歌。天平宝字二年（七五八）正月三日の作ですが、この年は三日が初子の日でした。「玉箒」は后妃が蚕を飼うのに使うもので、それは中国で初子の日に行なわれていた儀礼を受け継いだものだと言われています。この時に使用した箒は「目利箒《めとぎのほうき》」と言われますが、その現物が正倉院に残されています。私は、奈良国立博物館で開催される正倉院展でそれを見たことがありますが、今も色とりどりのガラス玉がついているのがわかりました。

もう一つは、

新《あらた》しき　年の初めの　初春の
今日降る雪の　いや重《し》け吉事《よごと》　（巻二十・四五一六）

という歌です。これは歳旦立春をうたったものだと言われています。二十四節気の立春と一月一日が珍しく重なった日の特別感をうたっているとする説があります。

旧暦には閏月がありました。十九年七閏法と言われ、二、三年に一回閏月が入り、十三カ月になるので、一月一日と言っても、年によって季節がずれるのです。そこで、二十四節気が必要とされました。『古今和歌集』の冒頭の歌は、

年のうちに　春は来にけり
ひととせを　去年《こぞ》とやいはむ　今年とやいはむ　（巻一・一）

という歌ですが、立春が十二月のうちに来てしまったので、同じ年なのに、去年と言ったらいいのか、今年と言ったらいいのかと、困惑した様子をうたっています。家持の「新しき」の歌の年とは違って、一月一日と立春がずれたのです。

このように、家持はさまざまな形で暦を意識しています。

## 正倉院

今回取り上げた大伴家持の「春の苑」の歌は、東アジ

## Feedback

アに広く分布する樹下美人図を意識したものでした。その構図の「鳥毛立女屏風」は、現在も奈良東大寺の正倉院に収蔵されていますが、正倉院の御物は、毎年十月下旬から十一月上旬にかけて、奈良国立博物館で開催される正倉院展の期間中に、一般公開されています。ぜひ一度は正倉院展を見学し、正倉院そのものも見て下さい。とても大きく美しい建物です。

校倉造《あぜくらづくり》という特種な建築であることが知られていますが、それは三角形の木材を井桁に組んだ建物です。乾燥すると木が縮んで風が通り、湿気が多くなると木が膨張して、外の湿気を遮断する。それが正倉院に収められた宝物の保存状態がよい理由の一つであると言われます。

私は中学校の修学旅行で初めて奈良を訪れました。校倉造の仕組みについては、その時に聞いた知識ではないかと思いますが、記憶は定かでありません。しかし、昔の人の知恵はたいしたものだと感心したように思われます。

ところが、毎年正倉院展に行くようになると、もう一つの仕掛けがあることに気づきました。それは櫃《ひつ》（箱の類）です。たとえば、八角形の鏡があると、その形にぴったりの櫃が作られ、その中に密閉状態に近い形で保存されています。つまり、外気の温度や湿度の変化から二重に守られているのです。

余計な話ですが、箱に入った日本酒をそのまま冷蔵庫で二～三年保存しておくと、古酒になります。そうすると、酒が熟成して、とてもまろやかなおいしい酒になります。かつては卒業式の日などに、ゼミの学生たちと古酒にした酒で乾杯しましたが、その時には酒の保存法を正倉院方式だと説明していました。温度や湿度の変化の影響を受けないように、冷暗所で保存する形で、冷蔵庫が正倉院、酒の箱が櫃に相当するからです。

昨年三月、親戚の子が結婚した時、二人とも酒が好きだと聞いたので、厳選した日本酒を二本プレゼントしました。箱に入った四合瓶二本です。「一本はすぐに飲んでもいいけれど、もう一本は二年目か三年目の結婚記念日に飲んでね。とってもおいしくなっているから」と言って。もちろん、「箱から出さずに冷蔵庫で保存するように」と、正倉院方式も教えました。

正倉院の御物がすばらしいのも、千二百年以上の眠りを経て、熟成しているからかも知れません。

# 第十四日

# 『出雲国風土記』——神によって創られた国

## 1

『出雲国風土記』と言えば、国引きの神話で知られている。意宇郡という地名の起源を伝える神話である。その主人公は八束水臣津野命《やつかみづおみづののみこと》。それは、次のような話である。便宜上、A～Hの段落に分けて提示する。

A意宇《おう》と号《なづ》くる所以《ゆゑ》は、国引き坐しし八束水臣津野命《の》詔りたまひしく、

「八雲立つ出雲の国は、狭布《さぬの》の稚国《わかくに》なるかも。初国小さく作らせり。故《かれ》、作り縫はむ」

と詔りたまひて、

B「栲衾《たくぶすま》志羅紀《しらき》の三埼を、国の餘り有りやと見れば、国の餘り有り」

と詔りたまひて、童女《をとめ》の胸鉏《むなすき》取らして、大魚《おうを》のきだつき別けて、波多須々支《はたすすき》穂振り別けて、三身《みつみ》の綱打ち挂けて、霜黒葛《しもつづら》闇や闇やに、河船のもそろもそろに、「国来《くにこ》。国来」と引き来縫へる国は、

去豆《こつ》の折絶《をりたえ》よりして、八穂尓支豆支《やほにきづき》の御埼なり。

C此くて、堅め立てし加志《かし》は、石見国と出雲国との堺なる、名は佐比売山《さひめやま》、是なり。亦、持ち引ける綱は、薗の長浜、是なり。

D亦、「北門《きたど》の佐伎《さき》の国を、国の餘り有りやと見れば、国の餘り有り」と詔りたまひて、童女の胸鉏取らして、大魚のきだつき別けて、波多須々支穂振り別けて、三身の綱打ち挂けて、霜黒葛闇や闇やに、河船のもそろもそろに、「国来。国来」と引き来縫へる国は、多久《たく》の折絶よりして、狭田《さだ》の国、是れなり。

E亦、「北門の波良《はら》の国を、国の餘り有りやと見れば、国の餘り有り」と詔りたまひて、童女の胸鉏取らして、大魚のきだつき別けて、波多須々支穂振り別けて、三身の綱打ち挂けて、霜黒葛闇や闇やに、河船のもそろもそろに、「国来。国来」と引き来縫へる国は、宇波《うは》の折絶よりして、闇見《くらみ》の国、是れなり。

F亦、「高志の都都《つづ》の三埼を、国の餘り有りやと見れば、国の餘り有り」と詔りたまひて、童女の胸鉏取らして、大魚のきだつき別けて、波多須々支穂振り別けて、三身の綱打ち挂けて、霜黒葛闇や闇やに、河船のもそろもそろに、「国来。国来」と引き来縫へる国は、三穂《みほ》の埼なり。

G持ち引ける綱は、夜見《よみ》の嶋なり。固堅《かた》め立てし加志は、伯耆の国なる火神岳《ひのかみだけ》、是なり。

H「今は、国は引き訖《を》へつ」と詔りたまひて、意宇の杜に、御杖《みつゑ》衝き立てて「意恵《おゑ》」と詔りたまひき。

故《かれ》、意宇と云ふ。謂はゆる意宇の社は、郡家の東北の辺、田の中なるをか、是なり。周り八歩許り。其の上におほばこ茂れり。

出雲国は、はじめ小さく作った（A）が、「志羅紀（新羅）の三埼」を見ると、「国の餘り」があるので、そこに綱を掛けて、「河船」のように「もそろもそろ」（ゆっくりと）と引くと、「支豆支（杵築）の御埼」（島根県出雲市大社町日御碕）ができた（B）。同じようにして、「狭田の国」（島根県松江市鹿島町佐陀本郷）「闇見の国」（松江市新庄町）「三穂の埼」（松江市美保関町美保関）ができたと言う（C・D・E）。

国を引くこと四回にして、現在の島根半島ができたとする。そして、国引きが終わった時、八束水臣津野命が「おゑ」（感嘆詞。よくできたというニュアンス）と言ったので、意宇という地名になったと言う（H）が、これは風土記によく見られる付会的な地名起源説話である。

その時、綱を繋ぎとめる「加志」（杭）となったのが、「佐比売山」（三瓶山）と「火神山」（鳥取県の大山《だいせん》）である（C・G）。また、その綱は「薗の長浜」（出雲市西園町に長浜神社がある）と「夜見の島」（鳥取県米子市の弓ヶ浜）であると言う（C・G）。現在も島根半島の東西には、砂浜の続く長い弓状の海岸線があるが、それらを綱に見立てている。このように、出雲国は神によって造られた土地であると伝えているのだ。

こうして同じ表現を繰り返すことは、呪術性を持つ歌などにも見られる。また地名には「八雲立つ出雲」「栲衾志羅紀」「八穂尓支豆支」のように、いわゆる枕詞を冠しているが、いずれも神の事績を伝える由緒ある詞章であることを示す。少し長いが、重厚な語りのスタイルとリズムを感じ取るため、ぜひ音読してみてほしい。

## 2

『続日本紀』和銅六年（七一三）五月条に、

甲子（二日）、畿内と七道との諸国の郡・郷の名は好き字を着けしむ。其の郡の内に生れる、銀・銅・彩色・草・木・禽《とり》・獣・魚・虫等の物は、具《つぶさ》に色目を録し、土地の沃塉《よくせき》、山川原野の名号の所由、また、古老の相伝ふる旧聞・異事は、史籍に載して言上せしむ。

とする記事がある。この「其の郡の内」以下が、いわゆる風土記撰進の詔である。これを受けて諸国が献上した「解文《げぶみ》」（下から上に提出する文書）が風土記と呼ばれるものである。

今回は『出雲国風土記』を取り上げる。それは、逸文（他の書物に引用されたその断片）を含めて、現代に伝わる多くの風土記の中で、例外的に完本であるばかりでなく、成立年と筆録者の名もわかるものだからである。その末尾には、次のように認められている。

天平五年二月卅日、勘へ造る。
秋鹿の郡の人、神宅の臣金太理
国造にして意宇の郡の大領を帯びたる外正六位上勲十二等
出雲の臣広嶋

いわゆる『出雲国風土記』は、神宅臣金太理《みやけのおみかなたり》と出雲臣広嶋が、天平五年（七三三）二月に献上したのだと言う。金太理は伝未詳だが、広嶋は『続日本紀』神亀元年（七二四）正月条に、

戊子（二十七日）、出雲国造外従七位下出雲臣広嶋、神賀辞《かむよごと》を奏す。

と見える。「神賀辞」は出雲の神々からの賀詞だが、それは出雲の国造によって行なわれた。服属儀礼であるとする説もある。しかし、この「解文」（風土記）を献上したことは『続日本紀』に見えない。

『古事記』の出雲神話と言えば、須佐之男命《すさのおのみこと》の八俣大蛇《やまたのおろち》退治や、大国主神と少名毘古那神《すくなびこなのかみ》の国作りの話などで知られるが、『出雲国風土記』にはそれがない。代わりに、冒頭に紹介した国引きの神話で知られている。右の詔に言う「古老の相伝ふる旧聞・異事」の代表であろうが、中央から見た出雲と地方の実情には違いがあるということであろう。

## 3

総記の冒頭には、次のように書かれている。

出雲国の風土記

国の大体は、震《ひがし》を首《はじめ》とし坤《ひつじさる》を尾とす。東と南とは山にして、西と北とは海に属けり。東西《ひのたて》は一百卅七里一十九歩、南北は一百八十三里九十三歩なり。

とする。表題の「出雲国の風土記」は「解文」の型式ではないので、後世に書き写される過程で書き加えられたものと見られている。

東を頭とするのは、大和からのルートを反映している。中央政府に提出するものだからである。現在の地図は北が上になっているが、それはイギリスのグリニッジを経度の起点とする北半球の世界観にほかならない。日本の古代国家の世界観を考える場合は、地図を九〇度回転させ、東を上に置いた方がわかりやすい。

出雲国とは現在の島根県東部にあたるが、確かにそこは東と南は山、西と北は海である。「東西」はヒノタテと訓読するが、東から昇り西に沈む太陽の運行を前提とした方位観に基づく。東を聖なる方向とする神武天皇の東征伝承（第三日参照）と同じである。東西は「一百卅七里一十九歩」としているが、古代の一里は三〇〇歩（約五三四メートル）。約七三キロメートルになる。島根県内を東西に走る国道九号線でその距離を測ってみると、約八〇キロメートル。概ね正確であることがわかる。

出雲という国名については、次のように述べている。

出雲と号《なづ》くる所以は、八束水臣津野命、詔りたまひしく、「八雲立つ」と詔りたまひき。故、八雲立つ出雲と云ふ。

雲の湧き立つところという意味であろう。「八雲立つ」は、いわゆる枕詞だが、地名に冠する古層の枕詞については、神（あるいは天皇）に関わる伝承を背景に成り立っている。たとえば、『日本書紀』の神武天皇三十一年四月条に、饒速日命《にぎはやひのみこと》という神が、「天磐船《あめのいはふね》」に乗って、上空から大和を見下ろしたことで、「そらみつ日本《やまと》の国」と言うようになったとする伝承が見られる。降臨伝承だが、大和は神によって選ばれた特別な土地であるということを示している。「八雲立つ」という状態も、そこが神に選ばれるに値する表象だったと考えられる。

『古事記』（上巻）には、須佐之男命が須賀に宮を定めたとする神話が見られる（次頁写真・須賀神社）。

良き地を求めて出雲の国の中を探し回った末、須賀の地に到ったのだが、そこには、

初め須賀の宮を作らしし時に、其の地より雲立ち騰《のぼ》りき。

とされている。そこで、

八雲立つ　出雲八重垣
妻籠《つまご》みに　八重垣作る　その八重垣を

という歌を詠んだと伝えている。

雲は大地の霊威の現れと見られていたが、「八雲立つ」とは、雲が勢いよく立ち昇っているさまであろう。それは特別に霊威が強いことを意味するに違いないが、出雲大社（出雲市大社町杵築東）本殿の天井には雲の絵が描かれている。平成二十年（二〇〇八）、本殿の修理のため、神様を仮本殿に遷した際、空になった本殿が公開された。私はそれを見るため出雲に行ったので、実際に見ることができたが、「八雲之図」には雲がなぜか七つしかなかった。

また、「垣」は内と外を分けるものだが、出雲大社の本殿も、玉垣、瑞垣（回廊）、荒垣という三重の垣で囲まれている。また、伊勢神宮内宮（三重県伊勢市宇治館町）の正宮の場合は、板垣、外玉垣、内玉垣、瑞垣という四重である。「八」は無限大を意味する数なので、「八重垣」の内は特別に神聖な場所ということであろう。
ともあれ、『古事記』『日本書紀』ではスサノヲが「八雲立つ」とうたったとされるが、『出雲国風土記』では八束水臣津野命の言葉だとされている。やはり出雲独自の神話が伝えられているのだ。

## 4

改めて、『風土記〈新編日本古典文学全集〉』（小学館・一九九七）によって、その構成を確認しておこう。全体は、

総記　意宇の郡　嶋根の郡　秋鹿の郡
楯縫の郡　出雲の郡　神門の郡　飯石の郡
仁多の郡　大原の郡　巻末記

という形で、九つの郡と総記・巻末記から成ることを示している。各郡について見ると、まずは、

意宇の郡。郷は一十一、里は卅三。余戸は一、駅家《うまや》は三、神戸は三、里は六。

という形で、各郡の郷、里、余戸（五十戸を一里とした時に余った戸）、駅家などの数が示される。続いて意宇郡の項では、

母里郷　屋代郷　楯縫郷　安来郷　山国郷
飯梨郷　舎人郷　大草郷　山代郷　拝志郷

宍道郷
余戸里
野城駅　黒田駅　宍道駅
出雲神戸　賀茂神戸　忌部神戸

という郷・里・駅《うまや》・神戸《かんべ》（神社の経済を支えた戸）の名が挙げられる。以下同様に、各郡の郷、里、余戸、駅家《うまや》などが明記された後、意宇郡の記事となる。意宇郡は出雲国の東側にあり、大和から赴いた場合、そこが入口にあたるからであろう。

まずは、右の郷・里・駅・神戸が一覧された後、国引きの神話が載せられている。最初に紹介される「旧聞・異事」が国引きの神話ということである。続いて、母里《もり》郷から各郷の記事が続く。

母里郷を見てみよう。母里という地名は、現在も安来市伯太町に残っている。

郡家の東南卅九里一百九十歩なり。天《あめ》の下《した》造らしし大神、大穴持命《おほなもちのみこと》、越《こし》の八口《やくち》を平《ことむ》け賜《たま》ひて、還《かへ》りましし時、長江山《ながえやま》に来まして詔《の》りたまひしく、「我が造りまして、命《し》らす国は、皇御孫《すめみま》の命《みこと》、平らけくみ世知《し》らせと依《よ》さしまつらむ。但、八雲立つ出雲の国は、我が静まります国と、青垣山《あをがきやま》廻らし賜ひて、玉珍《たま》置き賜ひて守らむ」と詔りたまひき。故《かれ》、文理《もり》といふ。神亀三年、字を母理と改む。

まず郡家（郡の役所）の場所を提示するが、天下を造ったのは大穴持命であると言う。しかし、国引きを国作りと見れば、それは八束水臣津野命が行なったということになる。『古事記』（上巻）では、少名毘古那神と国作りを行なったとされるが、これは国引きの神話とは別系統の伝承であると見られる。

大穴持命が造った国は、「皇御孫」（天つ神の子孫）が平和な世として治めるようにと、譲ったとしている。『古事記』（上巻）の国譲りの神話が想起される。『古事記』では、国を譲った代わりに、「僕《われ》大国主神）の住居」として「高天原に氷木《ひぎ》高しりて」（天空高く千木を建て）という立派な神殿を建てることを約束させている。『出雲国風土記』でも、それは出雲郡の記事の中に見える。

杵築《きづき》の郷。郡家の西北廿八里六十歩なり。八束水臣津野命の国ひき給ひし後に、天の下造らしし大神の宮を奉《つか》へまつらむとして、諸の皇神《すめがみ》等、宮処に参り集ひて杵築きたまひき。故、寸付《きづき》と云ふ。

としている。ここには具体的な大きさが記されていないが、『日本書紀』（神代下・第九段・一書第二）には、

汝が住むべき天日隅宮《あめのひすみのみや》は、今し供造《つく》らむ。即ち千尋の栲縄《たくなは》以ちて、結びて百八十紐とし、其の造宮の制《のり》は、柱は高く大く、板は広く厚くせむ。

とされている。巨大な神殿だったことが窺える。

218頁写真はその復原模型だが、四八メートルの高さだったと推定されている。単なる神話とも考えられていたが、平成十二年（二〇〇〇）、本殿前で行なわれた発掘調査で、巨大な宇豆柱《うづばしら》（直径一・四メートルほどの柱を三本束ねたもの）の痕跡が発見されている。巨大な神殿が現実に出現したのだ。

母里郷の記事に戻ると、「八雲立つ出雲の国は、我が静まります国と、青垣山廻らし」とあるが、この「青垣山」という語にも注目しておく必要がある。「垣」のことは「八重垣」でも述べたが、そこが神聖な場所であることを示す。『古事記』（中巻）の倭建命の伝承に、

能煩野に到りし時に、国を思ひて、歌ひて曰はく、

倭《やまと》は　国の真秀《まほ》ろば　たたなづく
青垣　山籠《こも》れる　倭し麗し

という有名な歌謡があるが、そこに「青垣」という語が見える。大和のほかは、吉野（第四日参照）と出雲の例しかなく、そこが特別な聖地であることを示す。出雲をそうした場所として位置づけているのだ。

最後に、「大神大穴持の命」が「玉珍置き賜ひて守らむ」と言ったことに因んで、「文理《もり》」という地名になったとしている。地名は神の事績に基づくものとしているが、こうした地名起源説話は『出雲国風土記』ばかりでなく、各国の風土記に豊富に見られる。土地を造るのも、名づけるのも神の事績なのだ。

## 5

風土記撰進の詔が求めているように、『出雲国風土記』には各郡・郷ごとに地名の由来や産物に関す

平成12年（2000）、出雲大社の本殿前で巨大な柱の一部が発見された。写真はその跡である。掘立柱建物と言い、柱を直接土に埋め込んで立てる形だが、その根っこの部分が残っていたのだ。出雲大社に隣接する島根県立古代出雲歴史博物館で、その実物を見ることができる。

る詳細な記事が見られる。たくさんの社があったことも記録されている。出雲を訪れた際には、今も残るそうした神社を訪ね歩くことも楽しい。

しかし、ここで確認しておかなければならないのは、地方から見た中央ということである。ここで見た『出雲国風土記』の神話・伝承は、『古事記』や『日本書紀』と重なりつつ、微妙に異なっている。中央では、大国主神によって国作りがなされたとされているが、出雲では大国主神も大切にされている一方で、八束水臣津野命という記紀には登場しない神が重視されている。そこに出雲の独自性が見られる。

とは言え、神によって創られた土地だということが、自分たちのアイデンティティーの基本にある。神話は単なる神話ではない。今を生きる自身の存在を支える精神的支柱であると言ってもよい。

## 中央と地方とでは異なる東を優位とする世界観

今回も東が優位の方角であり、地図は九〇度回転させ、東を上にして見ると、古代の王権の世界観がよくわかると説明しました。しかし、Blackboard の感想を読むと、私の説明が十分に伝わっていなかったようです。

大和の王権にとって東が優位の方向なのは、天照大神の子孫であることが天皇としての正統性を保証していたのと、軌を一にしていると考えられます。すなわち、西側にある中国大陸や朝鮮半島に対して、太陽の昇る東側に位置するということが重要でした。それは国際的視野であって、まさに「日出づる処の天子」だったのです。聖なる方向には天照大神を祀る伊勢神宮もありました。

しかし、出雲は違います。「天平」という元号を用いていることについて、天皇の支配する地域には同じ時間が流れているのだと説明しましたが、出雲は大和の王権の支配下にありました。天皇に服属しているからこそ、「解文」としての『出雲国風土記』が編纂され、献上されているのです。したがって、出雲にとっての東は大和の王権です。中国大陸や朝鮮半島に対する東ではありません。統一国家の視野と、そこに服属している地方の視野は違うということを、もっと明確に説明すべきでした。

大和から見ると、出雲は西。つまり、服属させるべき野蛮な民の盤踞する文化の低い地域という意識です。大和の王権にとっては、あくまでも東が上位であり、出雲を見下していたことになります。



## 海の生活を反映した神話

奈良県は海なし県ですが、天皇はその盆地の中の王権でした。それに対して、出雲は日本海に面していて、国引きという神話も、海の彼方が視野に入っています。『古事記』の国生みも淡路島から始まり、島々を生んでいるので、あたかも海が視野に入っているかのように思われます。しかし、島々の神の名が示されるばかりで、そこには海で生活する人たちの実感が含まれていません。

ところが、国引きの神話は違います。「大魚のきだつき別けて」と繰り返されていました。大きな魚を釣り上げる時に、銛で鰓のところを突き刺し、抜けないようにして引き上げたのでしょう。そうした経験が、国という大物を引き寄せる時にも、「大魚のきだつき別けて」という行動が必要だと考えられたのだと思われます。盆地の中の人々には、とうてい生まれない発想です。

　国生みによって引き寄せられたとされる「三穂の埼」は現在の美保が関（島根半島の東端）で、そこには美保神社（島根県松江市美保関町美保関）が鎮座しています。祭神は事《こと》代主神《しろぬしのかみ》ですが、これはえびす神とも言われています。七福神の一人、釣竿を持ち、鯛を抱えている神様で、現在も漁業に従事している人たちの信仰を集めています。

## 神在月

　十月を神無月と言いますが、周知のように、出雲では「神在月」と言われています。全国の神々が出雲に集り、人々の縁組について相談すると言われ、出雲大社ほか島根県内の各社では、神在祭が行われています。しかし、全国の神が出雲に集まって、出雲以外には神がいなくなるという話は、出雲大社の御師《おし》が広めた俗説のようです。

　また、出雲大社が縁結びの神として有名になったのは、江戸時代中期のことであるとされます。これも、その御師が全国に信仰を広めたことによるもので、必ずしも古代からの信仰ではありません。井原西鶴の『世間胸算用』に、「出雲は仲人の神」と記されるのが早い例だという説もあります。

　カムナヅキという語は、すでに『万葉集』に見られます。いずれも「十月」と表記されていますが、音数律の関係で、そう訓む以外にありません。一方、全国の神が出雲に集まるという記述は、藤原清輔の『奥義抄』（一一二四年）がもっとも早いものだとされています。また、「神在月」という語の初出は、室町時代の国語辞書『下学集』（一四四四年）だと言われます。

　中世には警察権を持つ政権がありませんでしたが、江戸時代になると奉行所という警察権を持つ組織が機能するようになりました。江戸時代には五街道と宿場も整備され、安全に旅ができるようになっています。縁結びの神としての信仰が広がり、全国から参拝者が集るためには、そうしたインフラ整備も必要だったのでしょう。

　時代とともに信仰の形は変わって行きます。現在の出雲大社は古代の杵築大社《きづきのおおやしろ》ではありません。また、その景観も変化して行きます。古社の姿や信仰は、決して古来不変のものではないのです。

# 第十五日 『日本霊異記』――神の時代から仏の時代へ

## 1

『日本霊異記』（正式には『日本国現報善悪霊異記』と言うが、以下『霊異記』と称する）は、平安時代の初め頃に編纂された日本で最初の仏教説話集である。

正確な成立年は不明だが、下巻の序文に延暦六年（七八七）とする記述が見える。それは序文の書かれた時点であろうが、その頃までには一応まとまっていたと考えられている。また、下巻第三十九縁に、「平安の宮」で十四年間天下を治めた天皇という記述があり、それは嵯峨天皇（七八六〜八四二）のことであるとされる。それは弘仁十三年（八二二）のことなので、最終的な成立はそれ以後ということになる。

上中下の三巻から成り、仏の霊験譚などが集められている。各巻には、それぞれ序文が付されているが、上巻の序の最初に、諸楽《なら》の右京の薬師寺の沙門景戒《きょうかい》録す。

と記されている。すなわち、編者は薬師寺（奈良市西ノ京町）の景戒という僧。彼は私度僧（官許なく僧としての生活を送る者）だった。生没年・経歴等は不明だが、本文から窺えるその教養に基づき、有力氏族の出身だと見られている。また、紀伊国の名草郡（現在の和歌山県和歌山市一帯）に関する説話が七編もあることから、そこに住んでいたのではないかとする推測もある。

そこには、多くの有名・無名の人たちが登場するが、聖徳太子（五七四～六二二）、道照（六二九～七〇〇）など、仏教の振興に力を尽くしたことで知られる人物は、複数の説話に取り上げられている。とりわけ衆生済度の活動で菩薩と慕われた行基（六六八～七四九）は、その行動に対する共感と尊敬の念とともに語られることが多い。景戒は行基に私淑していたと見られるが、それが民衆教化の説教書とも言える『霊異記』を生んだのだとも言われる。

各説話は、概ね時代順に並べられている。

上巻（三十五話）　雄略天皇（五世紀）～聖武天皇（七二四～七四九在位）の時代まで
中巻（四十二話）　聖武天皇～から淳仁天皇（七五八～七六四在位）の時代まで
下巻（三十九話）　孝謙天皇（七四九～七五七在位）～嵯峨天皇（八〇九～八二三在位）の時代まで

聖武天皇の時代以後の話が大半を占め、平安時代に下る話もあるが、そのほとんどは奈良時代である。それもあって、『霊異記』は平安時代の成立だが、上代の文学と見做されている。

その特徴の一つは、現実性であると言われる。いつ・どこで・だれがという点について、『霊異記』

では可能な限り明示されている。それが霊験譚に説得力を持たせる効果をもたらしている。

また、個々の説話の最後には、

当に是に知れ、誠に先の世に強く能き縁を修めて感ぜる力なりといふことを、是れ日本国の奇《くす》しき事なり。（上巻第三縁）

畜生すら猶し恩を忘れずして恩を返報せり。何そ況や、義人にして恩を忘れむや。（上巻第七縁）

誠に知る、天の哀びて資くる所、父子は深き縁なりといふことを。是れ奇異しき事なり。（上巻第九縁）

などといった形で、編者のものと見られる評語が付される。そこでは、因果の必然や信仰の尊さなどが説かれることが多い。そこにも景戒の民衆教化の意図が窺える。

## 2

景戒が身を寄せた薬師寺について見ておこう。現在、法相宗の大本山とされているが、世界遺産「古都奈良の文化財」の一つとしても知られている。

その創建については、『日本書紀』天武天皇九年（六八〇）十一月条に見える。

皇后、体不予《みやまひ》したまふ。則ち皇后の為に誓願して、初めて薬師寺を興つ。仍りて一百僧を度せしむ。是に由りて、安平ぎたまふこと得たり。

とする記事である。天武天皇（六七二～六八六在位）が皇后（後の持統天皇）のために創建した寺だとされ、薬師寺を建て、百人の僧を得度させたことで、皇后の病は平癒したと伝えている。したがって、現在も天武天皇の命日（旧暦の九月九日）には、天武忌の法要が盛大に営まれている。

しかし、右の記事は奈良市西ノ京町にある現在の薬師寺のことではない。平城京に移転する前のかつての薬師寺である。飛鳥に近い橿原市城殿町にあった。現在は礎石の一部だけが残っていて、本薬師寺跡とされている。後に藤原京が建設された時には、京域の中にあった。

持統天皇八年（六九四）十二月に、藤原京に遷都してから本格的な建設が始まったのであろう。『続日本紀』文武天皇二年（六九八）九月条には、

薬師寺の構作略了《おは》りたるを以て、衆の僧に詔してその寺に住はしめたまふ。

とされている。

和銅三年（七一〇）三月に平城京に遷都されたが、薬師寺を平城京の右京六条二坊に移したのは、養老二年（七一八）のことであったとされる。その後、地震・台風・兵火などで、堂塔はたびたび倒壊・焼失したが、再建・修復が繰り返されて、現在に至っている。

現在の薬師寺は、北から東西の僧房と食堂《じきどう》・大講堂・金堂・東西の塔・中門・東西の回廊というように、立派な伽藍が整備されている。昭和四十三年（一九六八）、かつての管主《かんす》高田好胤（一九二四〜一九九八）が写経勧進の運動を始めたが、現在の伽藍はそれによって浄財を集め、一つ一つ再建して来たものである。

昭和の頃、高田管主はよくテレビなどにも出ていたが、平易で巧みな法話で人気を博していた。現

在も薬師寺では、若い僧侶が修学旅行生たちの前で、楽しい法話で笑いを取っている姿をよく見かける。これは高田イズムであるとともに、『霊異記』が生まれた薬師寺の民衆教化の伝統であるようにも見える。

本尊は、もちろん薬師如来である。昭和五十一年（一九七六）に再建された金堂には、日光菩薩・月光菩薩という脇侍を従えた丈六の菩薩像が安置されている。国宝薬師三尊像である。かつて私が奈良に住んでいた頃、母が大手術をしなければならなくなった時には、やはり仏にすがる気持ちで薬師寺に祈願に行った。現在でも、薬師如来の功徳を願う人は多い。

## 3

上巻は雄略天皇（第五日参照）の時代から始まる。「雷《いかづち》を捉へし縁　第一」である。歴史の起点が雄略天皇であるのは、『万葉集』と同じである。『古事記』や『日本書紀』とは違っているが、日本の古代には、さまざまな歴史観の中に、雄略を事の起源とする歴史観も存在したのだ。

少子部《ちいさこべ》の栖軽《すがる》は、天皇の腹心だったが、ある時御殿に参内したところ、后と同衾しているところだった。天皇は恥ずかしがってやめてしまったが、その時、空で雷が鳴った。そこで天皇は、照れ隠しもあって、栖軽に「雷を呼んで来られるか」と尋ねたところ、「承りました」と答えた。

栖軽は槍に赤い旗をつけたりして武装し、馬に乗って山田道（227頁写真）を走った。そして、「天の鳴る神よ。天皇がお呼びだぞ」と叫んだ。さらに、馬を引き返して走りながら、「鳴る神とは言え、天皇の命は拒否できるものではないぞ」と言った。すると、豊浦寺（奈良県高市郡明日香村豊浦）と飯岡（不明）との間に鳴る神が落ちていたので、栖軽は直ちに鳴る神を輿に乗せ、宮殿に運んだ。そして天皇に、「雷神を迎えて参りました」と奏上した。と突然、雷が光を放った。天皇はそれを見て恐れ、たくさんの供え物をして、落ちたところに返させた。そこを今でも雷《いかづち》の岡（高市郡明日香村雷）と呼んでいる。

その後、栖軽は死んだ。天皇は忠臣のために、雷の落ちた所に墓を作り、「電を取りし栖軽の墓なり」と記した。すると、雷はそれを憎んで鳴り落ち、碑文の柱を足蹴にしたが、柱の裂け目に挟まれて再び捕らえられてしまった。天皇は雷を放免したが、また柱を立て「生きても死にても電を捕れる栖軽の墓なり」と記したと言う。そこが「電の岡」と呼ばれるのは、そのためである。

『霊異記』の説話の中では飛びぬけて古く、また地名起源伝承になっていて、仏の奇瑞は出て来ない。むしろ昔話のようだが、これが『霊異記』の最初の説話である。記紀の雄略も非常に個性的だが、ここでは照れ隠しの「無茶ぶり」をした天皇、雷を恐れる天皇、ユーモアを感じさせる墓碑を建てた天皇という、人間的な一面を伝えていて、おもしろい。

## 4

中巻の冒頭には、「己が高徳を恃《たの》み、賤形の沙弥を刑《う》ちて、以て現に悪死を得し縁　第一」という話がある。

聖武天皇の時代のこと。天平元年（七二九）二月八日に、左京の元興寺（奈良市中院町）で大法会を行ない、三宝（釈迦如来・経典・僧侶）を供養した。その時聖武天皇は、太政大臣で正二位の長屋親王を僧侶たちに食事を提供する長官に任じた。ところが、一人の沙弥が炊事場に入って来て、鉢を捧げてご飯をもらっている。親王はそれを見ると、象牙の笏《しゃく》で沙弥の頭を打った。その頭は割れ、血が流れた。沙弥は泣きながら姿を消したが、その時、法会に集まった人々は、「それは不吉なことだ」とささやき合った。

その二日後、親王を恨む人がいて、天皇に讒言をした。「長屋親王は国を傾けることを画策し、天皇の位を奪おうとしております」と言う。激怒した天皇は、軍を遣わして親王と戦わせた。親王は観念して、「罪もなく捕らえられるが、捕らえられたら必ず殺されるだろう。ならば、自ら命を絶とう」と、その子孫には毒を飲ませ、その後自分も毒をあおいで自害した。

天皇の命で、その骨は土佐国（高知県）に葬ったが、その国内で死ぬ人が多くなった。土佐国から「親王の祟りで多くの人が死に、このままでは国の人が皆死んでしまいます」との訴えがあった。そこで、改めて紀伊国海部郡（和歌山県和歌山市一帯）の沖の島に移葬したと言う。

この説話には、次のような評語が付されている。

誠に知る。自らの高徳を怙《たの》み、彼の沙弥を刑《う》つときは、護法も嚬嘁《くちひそ》み、善神も悪《にく》み嫌ひたまふ。袈裟を着たる類は、賤形なりと雖も、恐りずはあるべからず。隠人《おんじん》の聖人も其の中に交りたまへり。（中略）袈裟を著たる人を打ち侮る者は、其の罪甚だ深からむ。

と結んでいる。仏法を守護する神が顔をしかめ、善神もそれを嫌ったとする。因果応報を説く説話だが、袈裟を着た人は、たとえ卑しい姿であっても、「隠人（仏が本来の姿を隠し、衆生を救うために人の姿で現れること）の聖人」であることもあるので、恐れなければならないと言うのだ。

長屋王（六八四〜七二九）は天武天皇の孫で、父は太政大臣の高市皇子。本来は皇子の子なので王なのだが、神亀元年（七二四）二月、正二位左大臣となったこともあって、親王とも尊称された。その邸宅跡（奈良市二条大路南）からも、「長屋親王」と記した木簡が出土している。

聖武天皇の即位の際に、その母親の藤原宮子（藤原夫人）の称号に関する勅（天皇の命令）をめぐって、聖武と長屋王は対立している。『続日本紀』神亀元年三月条には、その時の長屋王の進言が載せられている。

伏して二月四日の勅を見ると、藤原夫人を天下皆大夫人と称せといへり。臣ら謹みて公式令《くしきりょう》を検《かむが》ふるに、皇太夫人と云へり。勅の号に依《な》らむと欲せば、皇の字を失ふべし。令の文を須《もち》ゐむと欲せば、恐るらくは違勅にならむことを。定むる所を知らず。伏して聴かむ」とまうす。詔して曰はく、文には皇太夫人とし、語には大御祖《おほみおや》とし、先の勅を追ひ収めて、後の号を頒《わか》ちすべし。

宮子は皇族の出ではないので「大夫人」としたが、公式令によると、天皇の母は「皇太夫人」でなければならない。勅に従うと法律違反になり、法律を遵守しようとすると違勅になってしまうと指摘しているのだ。それを受けて、通常ではあり得ないことだが、勅を撤回し、新たな勅が出されている。藤原氏が後ろで糸を引き、外戚として力を発揮しようとしていたのだが、長屋王はそれに反対だった。これがしこりとなり、長屋王の変の遠因となったとされる。

『懐風藻』によれば、長屋王の邸宅である「作《さ》宝《ほ》楼《ろう》」では、活発に詩宴が行なわれていた（第十日参照）。また、左大臣だった時に出された詔には儒教的な道徳観が色濃く現れている。したがって、王は漢籍の知識が豊富だったばかりでなく、儒教に心酔する教養人だったと見られている。一方の聖武天皇は、東大寺の盧舎那仏（大仏）建立に情熱を傾けただけではなく、出家して「沙弥勝満」（『続日本紀』天平勝宝元年閏五月条）と名乗っている。ここに儒教対仏教の対立を見る向きもある。

『続日本紀』天平十年（七三八）七月条によれば、長屋王の変は「誣告」（虚偽の訴え）に基づくものだったと明記されている。しかし、中巻の冒頭にこの説話が取り上げられているのは、景戒にとって長屋王は、仏敵とも思える存在だったのであろう。

## 5

下巻の冒頭は、「憶《こころ》に法《ほ》花《け》経《きやう》を持たせし者の舌、曝《さ》りたる髑髏《ひとかしら》の中に著《つ》きて朽ちずありし縁　第一」。孝謙天皇（七四九～七五八在位）の時代の話である。

紀伊国牟婁郡熊野（和歌山県新宮市の周辺）の村の永興禅師は、日々修行に努め、南菩薩と呼ばれて慕われていた。そこに一人の僧がやって来たが、持っているものと言えば、法華経一巻、白銅の水瓶、縄で作った椅子だけだった。毎日法華経を唱え修行をしていたが、一年ほど過ぎた日に、「今日から山に入ろうと思います」と言って、椅子を残して出て行った。永興は、もち米を搗いて粉にしたものを二斗ほど与え、優婆塞《うばそく》（在俗の仏教信者）二人を付き添わせた。すると、一日歩いた所で、法華経・鉢・もち米を優婆塞たちに与え、自分は麻縄二十尋と水瓶だけを持って去って行った。

それから二年ほど経って、熊野の邑の人が山に入ると、法華経を読む声が聞こえる。何日経っても、何か月経っても、声は絶えない。しかし、その姿を見ることができなかった。その後、半年経っても経を読む声が聞こえるので、不思議に思って永興禅師にそのことを申し上げた。永興も不思議に思い、声の出所を訪ねると、そこに一つの死骸があった。麻の縄を両足に繋ぎ、岩に吊り下がって死んでいた。遺骸の傍には水瓶がある。そこで、数年前に別れた僧であるとわかり、永興は悲しんだ。

それからまた三年経って、木こりが「経を読む声がいつも聞こえています」と永興に報告した。永興は再びそこに赴き、遺骨を拾おうとして髑髏を見ると、その舌は腐っていない。生きている時そのままの状態だった。そして、

　まことに知る、大乗不思議の力にして、経を誦じ、功を積みし験徳なることを。

という評語によって結んでいる。

下巻の第一縁はもう一つ、吉野の山中で髑髏の舌が腐らず、読経を続け、生きている時のように舌

が動いていたという話を伝えている。そして、

是れも亦奇異《めづら》しき事なり。

としている。これは法華経ではなく、金剛般若経という経を読んでいたとしているが、いずれにせよ、経の持つ不可思議な力を伝える話である。どちらも、平城京の人たちはまず足を踏み入れない秘境なので、そうした奇異もあり得ることとして受け止められたのであろう。

## 6

たくさんの説話の中から、上巻・中巻・下巻のそれぞれ最初に載せられた説話を紹介した。仏教説話集とは言え、その多様さこそ『霊異記』の特長の一つであると言えるのかも知れない。

平城京の京域の外側には春日大社があるが、京域の中に神社はない。寺院ばかりである。律令体制の中では太政官と一対の形で神祇官（→補助教材「官制表」）があり、政治はまさにマツリゴト（神を祀ること）だったが、平城京という都市空間は、八世紀なりの世界標準に基づいていた。仏教は百済経由で日本に伝来したが、当時の東アジアでは、神ではなく、インドを淵源とする仏だったのだ。寺院の立ち並ぶ姿こそ、近代都市と見られたと言ってもよい。薬師寺もそうした環境の中にあった。

当初は貴族たちに受け入れられた仏教は、行基の活動などによって、民衆の中にも浸透して行きつつあった。しかし、神と仏の相克の中で、奈良時代の後半には国際宗教の仏が優位になって行く。天平宝字三年（七五九）正月の歌（巻二十・四五一六）を最後とする『万葉集』は、あまり抹香臭くな

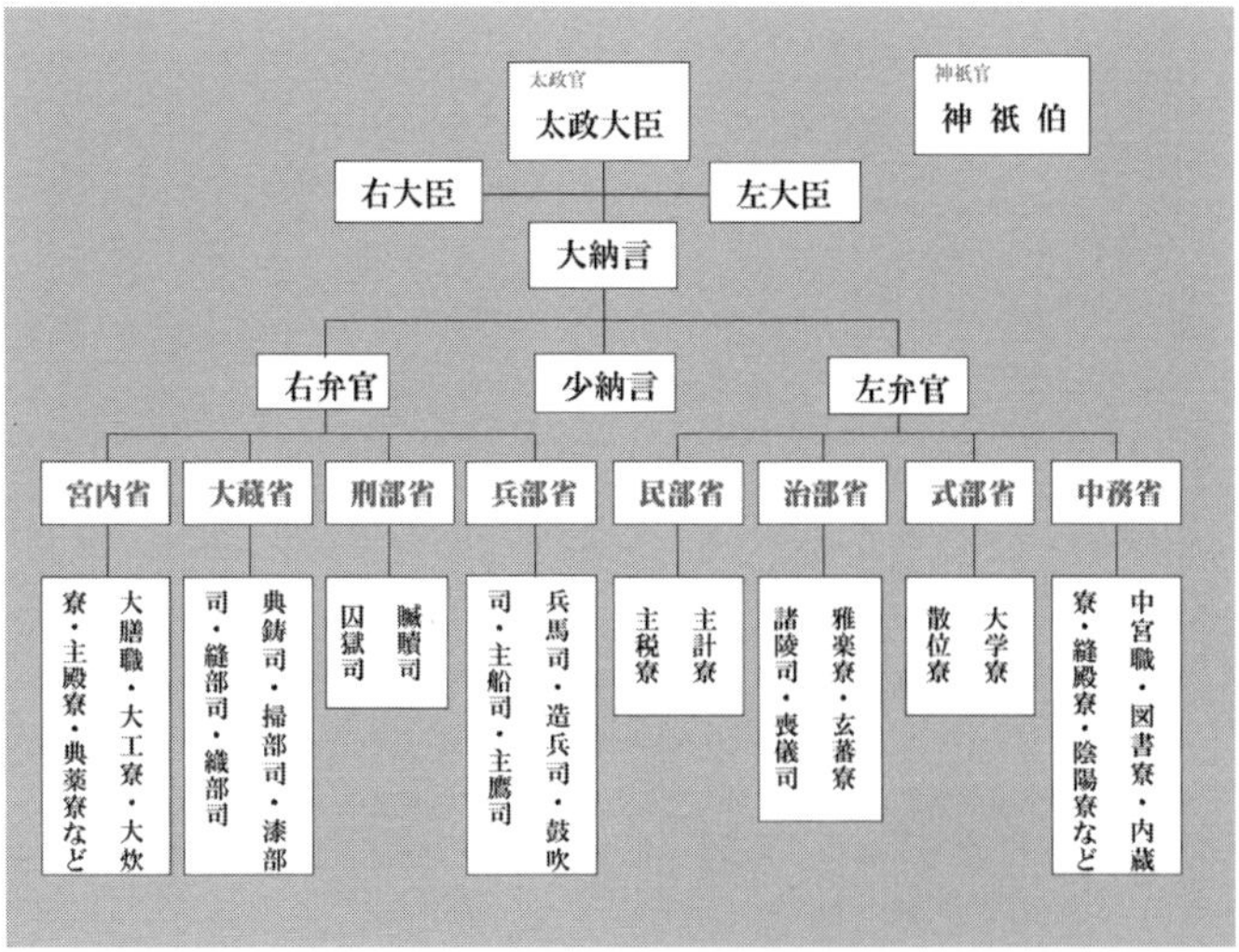


い。とは言え、盧舎那仏に鍍金するための金が発見された時の詔（『続日本紀』天平勝宝元年四月条）で、聖武天皇は「三宝の奴」（三宝とは仏法僧の意で、法とは経典である）と称している。そればかりではない。天平勝宝四年（七五二）四月には、「仏法東に帰りてより、斎会の儀、嘗て此の如く盛なるは有らず」と記されるほど、東大寺盧舎那仏の開眼供養は大々的に行なわれている。世は仏の時代になって行った。

『霊異記』の説話群はまさに、神の時代から仏の時代への橋渡しの位置にある。

## なぜ雄略天皇から始まっているのか

『古事記』や『日本書紀』（以下記紀と称する）が神武天皇を初代の天皇としているのに対し、『万葉集』や『日本霊異記』が雄略天皇から始まっていることについて疑問を持った学生がいました。それに対しては、「日本の古代にもさまざまな歴史観があった」と答えるしかありませんが、なぜさまざまな歴史観があったのかと考えてみることも必要です。

　そもそも、記紀は本当に正しい歴史を伝えているのでしょうか。皇祖神としての天照大神は、当然架空の存在です。記紀では、自分は天照大神の子孫だから天皇という特別な存在なのだと主張していますが、事実は逆で、天皇という特別な存在になったからこそ、それにふさわしい過去が創られたということでしょう。現在の歴史学では、神武天皇の実在も否定されていますが、それは天照大神と同じく、現在の地位を保証するために生み出された輝かしい過去だったと考えられます。すなわち、天照大神も神武天皇も天皇家の側の主張にほかなりません。

　一方、その天皇家に服属している氏族が、天皇家と同じ神話を伝えていたとは限りません。埼玉県行田市の稲荷山古墳から出土した鉄剣には、雄略天皇のこととされる「獲加多支鹵《わかたける》大王」という文字が記されていて、その実在が確認できます。そこに記されている「辛亥年」は、西暦四七一年とする見方が有力です。また、熊本県玉名郡和水町の江田船山古墳から出土した太刀にも「獲□□□鹵大王」とあり、後に雄略と諡《おくりな》される大王が、五世紀後半に、関東から九州までを版図としていたということが知られます。

　稲荷山の鉄剣には、「乎獲居臣《をわけのおみ》」という人物が「斯鬼《しきの》宮《みや》」（奈良県磯城郡の宮殿だろうが、所在地は不明）で「獲加多支鹵大王」に仕えていたということも書かれています。つまり、この鉄剣の銘によって、一族の誉れを後世に伝えようとしていたのでしょう。その一方で、口承の形でも、雄略との親密な関係が語り伝えられていたということは想像に難くありません。すなわち、この氏族では雄略天皇を起源とする歴史が伝えられていたと考えられるのです。それは記紀が成立するよりも、古い時代の歴史観だったということになります。

　五世紀は大規模な古墳が造営された時代でした。大和の王権が大きな力を持っていたことが窺われますが、その王権に仕えたという栄光を語り伝える氏族は、あちらこちらにいたのではないでしょうか。一方、神武天皇は実在しないので、その天皇との歴史を語り伝える氏族はあまりなかったと考えられます。すなわち、雄略天皇を事の起源として語る歴史の方が信憑性は高いとも考えられるのです。

## 神の時代から仏の時代へ

仏教はすでに欽明天皇の時代（六世紀中頃）に伝わっていましたが、天武天皇（?～六八六）は伊勢神宮を遥拝したことで、壬申の乱に勝利し、自らの王権を確立しました。その後、伊勢神宮の祭祀に従事する斎王も派遣され、伊勢神宮は皇祖神を祀る社として特別な存在になります。

政治は、まさにマツリゴトでした。職員令は、太政官の前に神祇官を置いており、奈良時代には神を祀ることが政治の基本だったことが窺えます。ところが、聖武天皇の時代にはそれが大きく変わって行きました。

『続日本紀』天平勝宝元年（七四九）四月条に、

天皇、東大寺に幸し、盧舎那仏像の前殿に御しまして、北面して像に対ひたまふ。

と記されています。天子は南面するものなので、平城京も南を正面として建設されています。したがって、北面は臣下の位置です。『続日本紀』は、右の記事に続いて、「三宝の奴と仕へ奉る天皇」とも記しているので、盧舎那仏と天皇とでは明らかに仏の方が上ということになります。

曽祖父の天武天皇は「大王《おほきみ》は　神にしませば」（『万葉集』巻二十・四二六〇）と称えられましたが、聖武天皇は打ち続く災害や自身の病に苦しみ、仏に救済を求めました。その結果、臣下の位置に降りてしまったのです。これは天平の人間宣言だと言ってもよいでしょう。

聖武天皇は出家し、法名を勝満と言いましたが、『日本霊異記』にはその時代の説話がたくさんあります。また、天平勝宝四年（七五二）四月には、東大寺で盧舎那仏の開眼会が盛大に行なわれましたが、

仏法東に帰りてより、斎会の儀、嘗て此の如く盛なるは有らず。

とされています。まさに仏の時代を象徴するような大イベントでした。神の時代から仏の時代へ。盧舎那仏の開眼は、そのメルクマールとなる出来事でした。

# あとがき

令和二年四月、新型コロナウイルスの蔓延によって、私の勤務先でもすべての授業がオンラインになった。短い時間でその準備をせざるを得ず、初めはなかなかうまく行かなかったが、学生たちの協力もあって、前期は何とか乗り切ることができた。教員生活が最後に近づいた段階だったが、初めてのオンライン授業の体験は、それまでの授業のやり方を根本から考え直す契機となった。十数年前に学部に導入されたBlackboardという学習支援システムの使い方も、改めて考え直さなければならなかった。

しかし、禍転じて、である。結果として、より充実した授業形態になったのではないかと思う。

＊

その一つは、講義系の科目の授業で、一時間ごとの内容をすべて文章化し、それをBlackboardに載せて、事前学修のための教材としたことである。

それまでは、『万葉集』や『古事記』のテキストだけを指定し、その日のテーマに合わせた画像や図、要点のまとめなど（本文中に補助教材としたものや写真はその一部）を、教室のスクリーンに映し出しながら話を進めていた。毎回できるだけ多くの教材を用意し、学生たちの反応を見ながら臨機応変に、その中から適宜教材を選びつつ授業を進めていたのだが、オンラインでは学生の反応がよくわからなかった。それもあって、後期からは授業内容をすべて文章化することにしたのである。

令和四年度には、対面の授業が復活したが、私の勤務する学部では、ちょうど新しいカリキュラムに変わる時期だった。それまで半期二コマの「上代文学講義」（二年生以上が対象）の一つが、「上代文学史」に変わった。コロナ禍のオンライン授業では、「上代文学講義」もすべて文章化したが、カリキュラムの改訂に合わせ、「上代文学史」の半期十五回分もすべて文章にしてみた。それが本書の内容である。

また、Blackboard の掲示板に、一回ごとにフォーラム欄を設け、そこに授業に対する「意見・感想・質問」を書き込む形で、出席を取ることにした。それは学生たちにとっては、授業を振り返る機会となったはずだが、誤解していた学生には正しい情報を伝え、しっかり理解できていた学生には、より深い学びへと、できるだけ丁寧に返信するようにした。学生たちは、ほかの学生の意見や疑問、それに対する私の回答を見ることもできるのだが、私にとっては、こうして授業時間外に双方向的なコミュニケーションが取れたことが、フォーラム欄を設置した大きなメリットだった。

毎回の講義内容の後に載せた短いコラムは、授業で話し切れなかったこと、学生の質問に対して、もう少し詳しく説明した方がいいと思えたことなどを、改めて解説したものである。頁数の関係で、写真や図版も削り、その一部しか掲載できなかったのが残念だが、それを次の週までにBlackboard に載せることで、事後学修の教材の一つとしたのである。

*

高校の国語の教科書には概ね、『万葉集』を学ぶ単元がある。しかし、共通一次の時代から大学入試に『万葉集』が出題されたことはほとんどない。それもあって、教科書に載ってはいても、授業で取り上げない高校もあると言う。

受講する学生たちに、高校時代に『万葉集』を学習したことがあるかと聞くと、三分の一ほどの学生は「ある」と答える。しかし、三分の一ほどの学生は「ない」と答え、残りの学生は「記憶にない」と言う。彼らにとって、『伊勢物語』や『源氏物語』などと比べ、上代の文学は印象が薄いようだ。

それもあって、従来から学生たちには基礎知識がないという前提で講義をして来たが、『日本書紀』『懐風藻』『出雲国風土記』『日本霊異記』など、高校の古典の教材にはない作品をも含めて「上代文学史」の授業を構成するためには、より丁寧な教材が必要であると考えた。

本書では、紙数の関係で、参考文献を必要最小限しか示さなかったが、当然、先行研究は尊重している。しかし、私独自の見解である部分も多い。学生たちには、その記述を唯一の正解と受け止めず、本書を出発点として、いろいろな書物に触れ、自分自身の上代文学観を育ててほしいと思う。

＊

今は亡き、翰林書房の今井肇氏には、昭和の頃から何冊も出版の労をお取りいただいた。今回もまた、その遺志を継いだ令夫人静江さんのお世話になった。感無量である。

令和六年三月、ちょうど四十年となった私の大学教員としての生活が終わるが、研究業績以外の営みをこうした形で残すことによって、教員人生の区切りとしたいと思う。

令和六年一月　　　　著　者

著者紹介
梶川信行（かじかわ・のぶゆき）

昭和28年東京生まれ。神奈川県立橋本高等学校教諭、
近畿大学助教授を経て、日本大学教授・同特任教授。博士（文学）。
令和6年3月退職。

主要著書・編著
『万葉史の論　山部赤人』（翰林書房　平成9年10月　上代文学会賞受賞）
『創られた万葉の歌人　額田王』（塙書房　平成12年6月）
『天平万葉論』（東茂美と共編）（翰林書房　平成15年4月）
『初期万葉論〔上代文学会研究叢書〕』（笠間書院　平成19年5月）
『万葉集と新羅』（翰林書房　平成21年5月）
『額田王　熟田津に船乗りせむと』（ミネルヴァ書房　平成21年11月）
『万葉集の読み方　天平の宴席歌』（翰林書房　平成25年7月）
『おかしいぞ！ 国語教科書　古すぎる万葉集の読み方』（笠間書院　平成28年11月）

# 上代文学史を学ぶ

| | |
|---|---|
| 発行日 | 2024年3月5日　初版第一刷 |
| 著　者 | 梶川信行 |
| 発行所 | 翰林書房 |
| | 〒151-0073 東京都渋谷区笹塚 1-56-10-911 |
| | 電 話　(03)6276-0633 |
| | FAX　(03)6276-0634 |
| | http://www.kanrin.co.jp |
| | Eメール◉ kanrin@nifty.com |
| 装　釘 | 須藤康子＋島津デザイン事務所 |
| 本文組版 | 松浦法子（組猫屋） |
| 印刷・製本 | メデューム |

落丁・乱丁本はお取替えいたします

Printed in Japan. ©2024
ISBN978-4-87737-480-0